文春文庫

# 長城のかげ

宮城谷昌光



文藝春秋

# 目次

# 長城のかげ

**初出誌**／別冊文藝春秋
逃げる　二〇四号
長城のかげ　二〇六号
石径の果て　二〇八号
風の消長　二一二号
満天の星　二一五号
**単行本**　一九九六年五月　文藝春秋刊
本書は一九九九年四月に刊行された文春文庫の新装版です。本文は『宮城谷昌光全集』第二巻を底本としています。

# 逃げる

地が哭《な》いている、と季布《きふ》はおもった。

敵陣からきこえてくる楚《そ》の歌が、重いひびきで胸を打ってくることが、季布にそうおもわせたのかもしれない。

あの楚の歌はじつは大地が歌っているのではないか、という気になったことで、いままで感じたことのない悲哀に通身《つうしん》がつらぬかれた。やがて、

——変だな。

と、つぶやきつつ、季布は目をあげた。

十二月の夜空である。星が美しい。

まだ自軍には八万以上の兵がいる。その兵が息をすることをわすれたかのように静かである。

たしかに敵将の韓信《かんしん》だけでも三十万の兵をもっている。ほかに彭越《ほうえつ》、劉賈《りゅうか》、黥布《げいふ》

といった諸将の軍がくわわり、さらにそのうしろに大軍を擁した劉邦《りゅうほう》がいる。ざっとかぞえて、百万の敵兵にとりかこまれている。

それはそれとして、四面から楚の歌が湧きあがってくるのは、なぜであろう。

「黥布の軍だけで、これほど多くの楚兵がいようか」

季布はまたつぶやいた。

黥布は淮水《わいすい》の南にある六《りく》の出身である。六というのは、春秋時代に独立していた国であり、楚と民族がちがうので、楚になかなか服従しなかったことからわかるように、黥布にも似た気風がある。それでも黥布は楚の出身といわれ、おなじ楚の出身の項羽《こうう》をたすけ、かずかずの戦功を樹《た》てたが、征戦の途上で項羽と気まずくなり、劉邦の陣営に奔《はし》った。項羽は怒って黥布の妻子をみな殺しにしたので、もはや黥布は項羽のもとには帰らぬであろう。黥布は単身同然で劉邦のもとに身を寄せたはずであるから、それから一年しかたたぬのに、楚をことごとく平定したとはおもわれない。

「将軍」

低い声がした。季布がふりむくと、人影があり、その人影がすばやく近寄ってきた。人影は季布の側近である。かれは声の低さをたもったまま季布にみじかい報告をした。

「そうか……」

　季布はふたたび星をみた。

　――周殷《しゅういん》が裏切ったのか。

　敵陣に楚兵が多いはずだ、と季布はおもった。

　周殷といえば、楚の大司馬である。黥布が劉邦のもとへ奔ったあと、淮水の南をおさえていたのが、周殷である。勤恪《きんかく》な男である。司馬はもともと軍法をつかさどり、軍警察の長といってよいが、大司馬ともなれば、元帥にそうとうし、項羽のかわりに大軍を動かすことができる。その周殷が漢《かん》軍にねがえったとなれば、楚軍は裸にされたも同然である。

　楚軍が垓下《がいか》という地に防壁をきずいて、漢軍の攻撃を耐えているのは、淮水の南からくる援兵を待っていたともいえる。しかしながら周殷が漢の軍門をくぐったとなれば、もはや楚軍を援助してくれる兵力は近くにない。

　黥布は独立心の強い男であるから、項羽に隷属することをきらったのはわかるが、周殷はちがう。利害をこえたところで、項羽とむすびついていたはずである。が、あの周殷でも、利にさそわれたのか。

「天下の心は漢王に寄せられております。楚軍に食はなく、兵は疲れ、敗亡は必至です。このまま項王に属《つ》いていて、なんの益がありましょうや」

と、周殷は口説かれたのであろう。

端的にいえば、生きるということが利で、死ぬということが害である。

楚漢戦争とよばれる項羽と劉邦の会戦は、血で血をあらう酷烈なもので、中国全土の人口を激減させたのだが、その未曾有《みぞう》の激戦のなかにあって、朝、右に利があれば右に奔り、夕、左に利があれば左に奔っても、不名誉ではないかもしれない。ただし、楚軍の将がつぎつぎに漢軍へ奔ったのは、どうしてであろう。漢軍に属せば生きのび、楚軍に属せば死ぬ、ときまったものではなかったはずである。

「劉邦が、そんなによいか」

と、季布はいってみて、首をふった。

劉邦こそ妄想のかたまりのように季布にはおもえる。そうではないか。劉邦はまったくの平民であった。その平民をはじめにかついだ男たちがいて、劉邦を神体にしたててかつぎまわっているうちに、その神体が本物らしくみえ、妄想に浮かれた男たちが雲霞《うんか》のごとくむらがり、妄想が巨大化した。それがいまの漢軍である。

――一平民が、帝王になれるはずがない。

季布にすると、それが現実である。太古からの長い歴史をふりかえってみて、平民出身の帝王はひとりしかいない。

「舜《しゅん》」

である。舜は堯《ぎょう》から帝位をゆずられた。が、劉邦はその帝位を力でとろうとしている。たとえ劉邦が帝位に即《つ》いたとしても、天命がないかぎり、その帝位はやはり妄想の所産でしかなく、天の怒りによってうちくだかれるであろう。

妄想が破れるときが、かならずくる。雲霞のごとくむらがったものは、霧散するしかないのである。

劉邦にひきかえ、項羽には貴族の血胤《けついん》がある。貴族というものは、たしかに人がつくった身分のひとつかもしれないが、それだけではなく、天命をうけた王の子孫たちしか貴族になれず、その血がわかれわかれてここまできたと考えてよく、当然、項羽にもそれがある。

それゆえ、どう考えても、帝位にすわるのは項羽のほうがふさわしいが、もしもここで項羽が敗れれば、天が認めた帝位にすわる者がいなくなる。あるいは、項羽でも劉邦でもない第三者が帝位にすわる。その想念が季布の頭のなかでわずかに湧いた。

——たれが帝位にのぼるのか。

項羽と劉邦をのぞけば、いま帝位に近いのは、韓信と彭越である。

「まさか、この二人が」

季布は一笑した。

韓信は若いころ正業につかず、他人に寄食していた男である。むろん平民であり、世をすねていたにすぎない。体制をきらっていたことはわかるが、体制に敵対していたわけではない。役人にいちどもならなかったのだから、韓信はぶらぶらと法の外で生きつづけたわけであり、そんな男が、

——組織がわかるはずはない。

と、季布は断言できる。

韓信は項羽の下にいた。項羽は韓信の献策をとらなかった。項羽が韓信を信用しなかったわけを、季布はなんとなくわかる。それゆえ、韓信は劉邦のもとへ逃げた。ところが韓信は劉邦からも逃げたことがある。韓信は劉邦にも信用されなかったということであろう。その韓信は、いま劉邦から斉《せい》王に任じられ、世間から名将とたたえられている。が、韓信には真の志《こころざし》がない、と季布はおもう。韓信はどこまでも自分の組織と法のなかでしか生きられず、その組織と法はどこか恣意的であり、

あいまいでもある。たしかに韓信は有名であるが、かれに率いられている人の集団には顔がない。組織に顔がないということは、その組織が生きていないということである。

——戦乱がおわるとともに、韓信も滅ぶ。

季布にはそれがわかる。

「韓信より、彭越のほうがましだ」

と、季布はつぶやいた。

彭越はもとは漁民であり、当然、漁業に従事していた。それから盗賊になった。反体制を標榜《ひょうぼう》したようなものである。かれには信念があるらしく、独自の勢力をきずいてきた。かれの唯一の弱点は、老いている、という年齢的なものである。戦乱が終わり、新国家をつくるまえに、寿命が尽きるであろう。

そう考えてくると、

「帝位に即《つ》くべし」

と、天に命じられる英傑はみあたらなくなってしまう。

——わしの目では、みえないところに、その者はいるのか。

と、おもわぬでもないが、そうなると、この戦乱はすぐに終わりそうにない。項羽と劉邦の屍体のうえに立って天下に号令する者が出現するまで、とても自分は生きながらえることができそうにない。

季布は将軍としては若いほうである。

項羽配下の兵は至上の勇敢さをもって天下にきこえているが、そのなかでもとくに季布の勇猛さは世評にかまびすしい。

それよりも季布を特徴づけているのは、

「信義」

というものであろう。

信は、まこと、であり、義は、すじみち、である。

季布は項羽の下にいて、項羽のために大いに働いた。項羽は季布をかわいがり、信用し、度量をみこんで、将軍という重職をあたえた。ここまでの季布の活躍をみれば、項羽の愛情にも、信頼にも、重用にも、季布はみごとにこたえたというべきである。

項羽と季布とは、さわやかにかよいあうものがあり、季布としては、

――項羽を助けよ。

と、天から命じられたような気がしている。そう感じたかぎりにおいては、どこ

までも項羽にしたがい、項羽への誠敬をたやさず、項羽へ助力を吝《お》しまないつもりであり、事実、そうしてきた。

項羽のもとから劉邦のもとへ奔った者たちを、季布ははじめは罵倒したが、ちかごろでは、

――哀れなやつらだ。

と、憐憫《れんびん》のことばを吐くようになった。裏切るということは、ひっきょうおのれを信じきれぬということで、そんな者が大業をなせるはずがない。おのれの智慧《ちえ》のかぎりをつくして、害とおもわれるものをたくみに避け、利をひろい、くるくると歩きまわって、目的に近づこうとしても、たいして前進できず、かえって大道を失うであろう。むしろ智慧を捨て、これと信じた道をまっすぐにすすみ、大きく立ちはだかる害をうちやぶるためにかなりの時間や年月をつかっても、おそらくこのほうが歩みははやく、大道も失わぬであろう。いずれにせよ、この激越な戦いの日々にあっては、

――今日死ぬか、明日死ぬかのちがいしかない。

と、いえなくないが、名はちがう。たとえからだは滅んでも名は残る。名は明日死ぬものもあれば、千年も万年も、永遠に生きつづけるものもある。

季布という寡欲な男に、欲があるとすれば、おそらく自分の名が令称の色あいをもって後世にまで生きつづけてもらいたいというものである。

——自分は項王を生かすために、まもなく死ぬかもしれない。

と、なんとなく季布は予感している。令名を得るとすれば、そのときであろう、とも感じている。

項羽は生きつづければ、かならず天下を平定し、帝位にのぼれる。季布はそう信じている。劉邦がいかなる大軍を擁しようと恐れることはない。劉邦は項羽に、

「天下を二分して治めよう」

と、盟《ちか》い、そのあとすぐにその盟いをやぶって項羽を攻めた。約束を守らぬ男に天下の信頼が寄せられるはずはない。いつか劉邦はおもいがけない災厄にみまわれて、再起不能になるであろう。それまで項羽は生きつづけなければならない。

星をながめながら、そんなことを考えていた季布は、ふたたび背後に人の気配を感じた。季布は肩をまわした。立っていたのは、自分の配下ではない。項羽の近臣である。かれは会釈し、

「将軍、王がお呼びです」

と、いった。感情のない声であった。季布は多少のとまどいをおぼえた。こんな

深夜に項羽も起きていたのか。そのことは、

——楚の歌に起こされた。

と、考えれば、いぶかしくはないが、本営へ呼ばれることについては、おもいあたることがない。

「事件が突発した」

ということではないようである。首をかしげた季布は、歩きながら、まえをゆく項羽の近臣の足どりをみている。すこし速いが、あわてているふうにはみえない。

——急な軍議かな。

ともおもった。いまから敵陣の間隙を衝《つ》いて劉邦を撃つ、というのであれば、おもしろい。まさか東城《とうじょう》へむかって退却するというのではあるまいな。出撃するにせよ退却するにせよ、この重囲をうち破る必要がある。おなじ力戦を要求されるのであれば、出撃して、劉邦の陣に迫ることを考えたほうがよい。

季布はあれこれ想念を浮沈させながら、本営の門をすぎた。

「東城ゆきでないことを祈る」

と、心のなかでいった。東城には味方の兵がこもっている。東城は淮水の南にあり、垓下から五百里ほどはなれている。

「どうぞ」

と、いわれた季布は、項羽のいる帷幕《いばく》のなかにはいった。ほかの将はたれもきていない。軍議ではないようだ。

——酒の匂いがするな。

季布はすぐに感じた。

項羽はいない。項羽のちかくには、いつも虞《ぐ》とよばれる美人がいるのだが、今夜にかぎってその姿もみあたらない。項羽が酒を呑んだのであれば、なおさら虞がいなければならない。それとも酒を呑んだあと、項羽と虞はつれ立って、どこかへいったのだろうか。

——妙なぐあいだ。

と、季布はおもった。ますます自分が呼ばれた理由がわからなくなった。ひとりで帷幕のなかにすわっていると、地の冷えが感じられた。霜が降ってきたような寒さである。

——いつまで待たされるのか。

足にしびれをおぼえた季布が立とうとしたとき、足音がきこえた。足音は二人だけのものではない。かなりの人数が帷幕に近づいてきた。

「季布か」

と、いった声は、近臣をしたがえた項羽のものであった。虞の姿はない。

項羽の身長は八尺余ある。一メートル八十五センチほどであろう。その雄偉なからだが沈み、筵《しきもの》の上にのった。

季布は一礼した。

項羽は季布をみつめたまま、しばらく黙っていたが、急に、

「逃げる」

と、いって、笑った。

季布は自分の耳をうたがった。項羽はいまだかつていかなる戦いにおいても逃げたことはない。逃げる、といえばすぐに劉邦が思い浮かぶ。まさか項羽がまだ八万余もいる兵を残して逃げることはあるまい。ききまちがえではないのか。

「汝を置き去りにするのは、しのびないので、呼んだ。陣へもどると、兵にさとられよう。わしの馬をつかえ」

と、項羽はいった。そういわれてはじめて季布は、

——逃げるというのは、まことらしい。

と、さとり、

「王よ。東城へゆかれるのか」

と、きいた。

「汝は耳が悪いのか。わしは、逃げる、といった。逃げるということは、ゆくあてがない、ということだ。ゆくあてのない身になって、天意を知りたい」

「天意……」

季布は心のなかでそのことばをくりかえした。天意なら、はじめからわかっているではないか。天は項羽に力をあたえ、幸運をあたえ、王位をあたえた。つぎに項羽が天からさずかるものは、皇帝の位であろう。ところが項羽は逃げるという。なるほど、項羽にとって、逃げつづけた劉邦がかならず息をふきかえして立ち向かってくることがふしぎであるのかもしれない。あるいは劉邦に天命がくだるのではないかとうたがったとしてもむりはない。季布にはわかる。劉邦は天下をとれない。劉邦には信義がない。が、しかしながらここで項羽が逃げるとなると、それは、

――天命から逃げる。

と、いうように、季布の耳にはきこえた。

季布は胆力のある男である。項羽を恐れる将は多いが、季布は直言をはばからない。

「王はまちがっておられる」

と、明言した。そうではないか。たしかに項羽の軍は、食糧は尽きかけており、連戦によって兵は疲れている。それでも敵に降伏しようという兵はいない。劉邦のもとへ奔った将より、ここにいる無名の兵卒のほうが、はるかに立派ではないか。八万余の兵は項羽を敬仰《けいぎょう》し信頼してついてきた兵で、項羽のいのちのささえといってよい。それを捨てて逃亡するということは、たとえ生きながらえても、往時の輿《よ》望《ぼう》を回復するのはむずかしい。人にはそれぞれ独自の生きかたがある。項羽のやったことを劉邦がまねしても、劉邦のやったことを項羽がまねしても、たがいにうまくいくはずがない。項羽はあくまで自分の生きかたをつらぬくべきではないのか。

「ふむ……」

項羽はいやな顔をせずにきいていた。それから、

「わしは兵を殺したくないのだ」

と、いい、目をあげて夜空を視《み》ると、

「虞《ぐ》は、もう、あの星へとどいたか」

と、つぶやくようにいった。季布ははっとした。

――あの美人は亡くなったのか。

自殺したのか、あるいは、項羽が手にかけたのか、とにかく項羽がこの陣から去ることを知って、とても従《とも》のできない虞は、死を願ったのであろう。近臣たちは虞の遺体をどこかに埋めてきたのだ。

「季布」

と、いって立った項羽は、もう決めたのだ、わしは天まで逃げる、わしに従え、と感傷をきらうようにいった。

騎馬だけの脱出である。

項羽に従う者は八百人である。馬に枚《ばい》を銜《ふく》ませ、地の陰《かげ》をえらび、包囲の敵兵を避けて、すすむのである。

季布はやりきれない。

が、項羽のいなくなった陣にいても敵に捕獲されるだけである。

「戦え」

と、いっても、兵は動くまい。漢軍に投降した場合、兵はゆるされても、将である季布はけっしてゆるされまい。季布はさんざん劉邦を苦しめてきた。さいしょに斬首されるのは季布であることはまちがいない。

――どうせ死ぬのであれば。

と、季布はつぶやきつづけている。項羽とともに戦い、そこで死にたい。逃走の途中で殺されるのは、かれの理想とする生死の形に適《あ》わない。

季布はときどき星をさがした。

――やはり南へ逃げるのか。

これも不満である。項羽も敵陣から湧きあがった楚の歌をきいたのであろう。楚がなつかしくなったのであろうか、あるいは楚が呼んでいるとおもったのであろうか。楚は項羽の挙兵の地である。正確にいえば、項羽は呉《ご》においてはじめて叛乱の剣をふるった。はるばると呉までゆくつもりであろうか。もしもそうだとすれば、項羽は逃げるといいながら、生きるあてを南方においている。まったくの絶望のなかにいるわけではない。それでは真に天に問いかけたことにならぬではないか。むしろ季布のほうが絶望した。

季布が模糊《もこ》とした気持ちで歩いているうちに、脱出の集団の後尾に落ちたようである。

漢軍の包囲は幾重の陣であったのか、とにかく項羽は敵陣をぬけた。そのことを項羽は天祐と感じたかもしれないが、季布は喜ばず、

――いっそ項王は、劉邦の本拠である関中《かんちゅう》にむかって駆けだせば、おもしろいの

に。

と、へそをまげた。項羽の脱出路は常識のうちにありすぎる。追撃軍は迷うことなく南下してくるであろう。

季布は馬に乗るまえに、後尾の騎兵に、

「汝らは、わしに従え。うしろに漢軍がみえたら、王をお助けするために、拒《ふせ》ぎになるのだ」

と、いいきかせた。

百人ほどの騎兵は季布に従うことになった。

この騎兵集団は速力をあげた。夜の暗さが地上から消えたのである。

漢軍は項羽が垓下から脱出したことを夜明けまで気づかなかった。気づいたとき、劉邦は、

「項羽を捕えるか殺した者に、千金ならびに万戸の邑《ゆう》をさずける」

と、宣明した。

この賞賜《しょうし》の莫大さに喜躍し、項羽を追跡した者は五千人である。すべて騎兵であり、この騎兵を率いた将は灌嬰《かんえい》である。

灌嬰は漢軍のなかにあって騎馬の巧みさは群をぬいている。が、武門の出ではな

く、もとのなりわいは絹をあきなう商人である。この男が馬術にすぐれているのはふしぎであるが、さらにふしぎなのは、みずからが軍を率いて戦った場合、ひとたびも敗北を経験していないということである。それほど、戦いがうまい。その男が項羽を追った。

「東城だ」

と、みじかくいった灌嬰は、むぞうさに馬首を南にむけた。

たしかに項羽配下の騎馬集団が南下する速度は、追撃軍よりまさっていた。が、項羽はみずからのゆくえをくらますような細工はせず、ひたすら南下した。その逃走のすがたは野人《やじん》に目撃されており、灌嬰に報告された。

「愚劣といってよいほど正直な男だな」

灌嬰は項羽を哂《わら》った。

なるほど東城のあたりは漢に屈していない。だがその勢力はもはや孤立しており、項羽にとって起死回生の原動力にはなりえない。そうはいっても、さしあたり項羽がたよるところは、そこしかない。だからそこへゆく、というのは、いかにもまともでありすぎる。項羽らしいといえば、まさにそうである。

——駆け引きのできぬ男よ。

項羽は武人の発想しかもたず、相手にまさる力を欲し、その力で押しつづけると、相手がうしろに倒れるとおもっている。だが、相手よりおとる力しかもっていなくても、相手の力を利用して、引いた場合、相手がまえに倒れることを考えない。項羽と劉邦の決定的なちがいはそこにある。逃げかたも、項羽はいかにもまずい。これが劉邦であれば、多数の配下など引きつれず、わずかな側近とともに、さっさと山中に逃げ込んでしまうであろう。

——このままゆくと、項羽は死ぬ。

そんな気がした。むろん項羽を殺すのは、灌嬰自身が率いている軍であるが、あえていえば、項羽はためらいもなく死地にむかってすすんでいるように感じられた。

「項羽は呉まで逃げて、反攻のための兵を集めるつもりでありましょう」

灌嬰の左右からそういう声があがった。灌嬰は哂笑《しんしょう》した。

「呉へ逃げたら、項羽はまちがいなく死ぬ」

と、灌嬰は断言した。

「どうしてですか。呉は項羽の第二の故郷といってよいではありませんか。呉人《ごひと》はかならず項羽をかばい、項羽の再起に力を貸しましょう」

項羽が生まれたのは下相《かしょう》である。垓下からは東北にあたる。戦国時代の版図からすれば、下相は楚の北辺にあって、斉《せい》との国境に近い。下相のあたりは灌嬰が平定しおえている。

灌嬰は配下の意見をしりぞけるように首をふった。

「ちがうな。わが軍は呉を攻めるまでもない。江水《こうすい》（長江）より北が漢の支配となれば、項羽は呉の者に殺されよう。故郷というものは、栄達者に良い顔をむけ、零落者に酷な顔をむけるところだ。人は幼若のころ故郷において飾りなく生きている。したがって恩を感じている者がいるかわりに、怨みを忘れないでいる者もいる。呉までゆけば、項羽はかならず死ぬ」

そういって薄笑いを浮かべた灌嬰は、どんなに速く項羽が逃げようが、追いつく自信があった。だいいち淮水《し》という大きな川が項羽のゆくてをはばむはずである。淮水のあたりには漢の命令が布かれており、項羽に舟を提供する者はいないはずである。

たしかにそうであった。

淮水にさしかかった項羽は舟をさがした。が、みあたらず、ついに決断して、馬とともに川を泳ぎきることにした。

過酷な渡渉となった。

川のなかばで、兵も馬も力つきて、つぎつぎに水中に没した。

——わしも死ぬか。

と、さすがの季布も観念した。が、さいわいなことに、季布の乗ってきた馬は項羽の馬で、名馬であった。その馬が季布をひっぱるかたちでこの難所をのりきった。岸辺で兵をかぞえてみると、百余人しかいない。七百人ほどが馬とともに淮水にのまれたのである。

項羽はなにもいわず、馬に乗った。

重苦しさがこの一団にのしかかってきた。

颯爽としているのは項羽だけであるといってよい。

——このまま南下して、なにがあるのか。

従う騎兵がそれぞれ頭をたれて考えはじめ、項羽をみては、気をとりなおしているというのが実情であった。

季布はうしろをみた。

追ってくる兵団はいない。が、一戦もせずに多くの兵をうしなったことは、なんとしてもやるせない。もはや項羽のために拒《ふせ》ぎにつかえる兵は残っていない。一団となって逃げるだけである。

寒風に背を押されつつ、陰陵《いんりょう》まできた。

そこから東城まで百里ほどである。馬なら一日で着けるであろう。

前駆の馬が引き返してきた。

「申しわけありません。路をまちがえたようです」

と、項羽に報告した。項羽は首をひねり、

「東城へは、この路でよいはずだが」

と、いいつつ、天を仰ぎみた。天空のすみずみまで厚い雲があり、日の位置をたしかめられない。

「季布、どう想う」

意見を求められた季布は、迷うことなく、

「この路しかありますまい」

と、こたえた。淮水をこえてきた感じから、すすむべき方向をあやまっているようにはおもわれない。

「よし、ゆくぞ」

項羽の号令で馬の速力をあげた一団は、まもなく停止した。路が急激なのぼりになって険峻な山のなかに消えてゆくことがわかったからである。

——変だな。

季布はあたりをみまわした。にわかに暗さがましてきたようである。目をあげると、遠くにみえる山は妙に明るい。

——ここだけが暗いということはあるまいに……。

そんなことを考えている季布の視界に動くものがあった。人である。鋤《すき》をかついだ田父《でんぷ》である。その影が木立のむこうにみえかくれしている。季布がそちらにゆこうとすると、項羽のほうがさきに田父をみつけていたらしく、さっと野に馬を乗り入れて、よびかけた。

「東城へゆきたいのだが、路をおしえてくれぬか」

田父は足をとめて、顔をあげた。面皮は黒く、髪は真っ白である。

項羽のうしろにいる季布の目では田父の表情をたしかめることができない。

——いやに黒い顔だな。

と、おもいつつ、ながめていた。

田父は項羽をおそれることもいぶかることもせず、けだるげに腕をあげ、

「左へ」

と、いい、林をゆびさした。なるほど、よくみると林間に細い路がみえる。

「あれよ」

馬上で会釈した項羽は路を鞭《むち》でさししめした。馬群は縦列になった。季布がふりかえったとき、すでに田父の影はなかった。

林をぬけると、枯れ色の野がひろがっていた。路らしきものはない。野をまっすぐにすすんだ。そのうち先頭の馬群がみえにくくなった。丈の高い草が前途をふさいでいる。草のあいだに馬を押し込むようなかたちで前進した。霧が湧いてきた。下をみると、地上に水がしみでている。湿原であった。もどってくる馬がないところをみると、深いぬかるみはないらしい。が、季布の馬はなんとなくいやがっているようである。

「どうした」

と、いいながら、季布は馬をあやすように首をかるくたたいた。

霧が濃くなってきた。季布の馬のすすみがわるいので、うしろの騎兵にぬかれぬかれて、ついに最後尾になった。いらいらした季布が、

「これで、名馬か」

と、怒鳴ったとき、馬が倒れた。季布は虚空になげだされて、水のたまっている窪地に落ちた。ぬかるみであった。人も馬も泥のなかでもがいた。その悪所から人

馬がのがれたとき、湿原はすっかり霧にとざされた。どこまで行っても、季布の目に騎兵の影はうつらなかった。

じつは季布とおなじように路に迷った兵は多く、かれらはちりぢりになり、項羽はここで配下の大半をうしなった。

季布は湿原をさまよいながら、

——こんなところで迷うとは、なんたることか。

と、つぶやきつづけた。馬を走らせても、自分がどこにむかっているのか、さっぱりわからないまま夜をむかえた。

翌朝、昇ってきた日の位置をみて愕然とした。陰陵からみて東城は東南にあるのだから、まっすぐ南下してはまずい。路を大きくはずれたことがわかった。ここからはまっすぐ東へむかうべきだとしても、やっかいなのは水で、東進をさまたげている。水をさけつつ、ようやく湿原をぬけたころには、日がかたむいていた。

季布は馬とともに小高い丘の上に立った。遠くに濛々《もうもう》と立ち昇る砂塵がみえた。季布は胸さわぎをおぼえ、馬をかくし、身を伏せた。砂塵は風がつくったものではなく、騎馬の集団が立てているものだと気づいたからである。

——漢軍か。

その通りであった。騎馬の大集団が急速に近づいてきた。五千はいるであろう。それらが季布の眼下をとどろきとともに走りすぎていった。

きりきりと胸が痛んだ。項羽は追いつかれるにちがいない。

季布はふたたび馬に乗り、丘をくだり、漢軍を追った。が、季布は二日間なにも食べておらず、しかも水と泥に悪戦苦闘したあとだけに、体力も気力も萎え、おもわず馬から落下した。気がつくと、馬に顔をなめられていた。夜であった。甲《よろい》が重くてしかたがない。それをぬいでかくし、草むらのほうへはってゆき、寒気をしのごうとした。悪寒がやまないのである。ときどきねむったのだが、不吉な夢ばかりをみる。その夢におどろいて目をさますと、なんともいえぬいやな気分であった。からだがだるい。ひたいに手をあててみると、熱が高い。明け方、ふたたび悪寒におそわれた。

野夫に馬をみつけられた。

「この馬は、おまえさんのかね」

と、声をかけられた季布は、目でうなずいたものの、起きあがることができない。

「こりゃ、病人か」

いちどおびえた野夫だが、親切な男らしく、季布を家につれてゆき、薬湯をのませ、妻や子に看病させた。三日間、季布はねむりつづけた。深い失意があったことはたしかだが、項羽に従って数年間戦いつづけてきた疲れがどっとでたともいえよう。昏睡があまりに長いので、家の者は、この人は死ぬのではないか、と心配した。

季布がめざめたとき、項羽はすでにこの世のものではなかった。灌嬰の配下に討ち取られていた。

項羽の死にかたは壮烈である。

二十六人の兵を従えた項羽は、長江を目前にして、押し寄せてきた漢軍に剣をふるい、数百人を斬り伏せたあと、みずから首を刎《は》ねた。その屍体に灌嬰の配下がむらがり、争い、数十人の死傷者がでて、ようやくおさまった。つまり五人が、ばらばらになった項羽の首と手と足とをもち、劉邦に恩賞を訴えたのである。その五人に機嫌よく封邑をあたえた劉邦は、つぎに項羽の配下の首級をあらため、さいごに、

「季布の首はどうした」

と、語調を一変させていった。あたりにいる者は目を伏せた。

「季布だ。季布を逃がしたのか」

劉邦が怒鳴ると、みな顔を伏せた。この時点で、季布の首に千金の懸賞がついた。

「季布をかくまった者は、三族にいたるまで処罰する」

という厳命が布告された。三族というのは、父母、兄弟、妻子のことであるが、父と子と孫のことでもある。とにかく、劉邦がどれほど季布を憎んでいたか、それだけでもわかるであろう。

このころ季布は体力を回復し、野夫の家から去っていた。

――あの野夫は、わしが楚の将軍であると知っていながら、介抱してくれたのだ。

季布は感謝していた。自分自身は甲をつけていなかったが、馬にはたいそうな飾りがついている。たれがみても、尋常な人の乗る馬ではない。

「すると、この人は――」

と、当然、野夫は考えたであろう。もともと心のあたたかい男であるが、おなじ楚人《そひと》であるというよしみで季布を助ける気になったともいえる。

季布は馬飾りをすべて野夫にあたえた。出発するときに、野夫は、

「まもなく天下はさだまる。こころざしのある人は、漢王の都をめざすでしょう」

と、いった。劉邦は東方の生まれでありながら、西方の関中を本拠としている。関中は渭水《いすい》の北、黄河の西の広域をいう。劉邦はその関中の南端の一都である櫟陽《れきよう》を首都にしている。

「わしは、かつては、こころざしのある者であったが、いまはすっかりおのれのこ

ころざしを見失っている」

そういった季布は、関中のほうに背をむけるように、南へむかった。項羽の安否を知りたかったのである。が、みずからたずねまわるまでもなく、すぐに項羽の死が耳にとびこんできた。おどろいたのはそればかりではない。自分の首に千金の価がつけられたことも知った。

――たいそうな値だ。

と、自分の価値の高さをひそかに喜んだのは、逃亡をはじめたころだけで、あとはそのことが苦痛になった。長江を渡るつもりであったが、

「やめた」

と、つぶやき、足を北にむけた。項羽は南に走って、ついに死んだ。南は鬼門のような気がした。不吉とおもわれる方角を背にすることで活路をみいだそうとした。

「三族まで殺戮《さつりく》される」

と、わかれば、たれが季布をかくまってくれよう。季布は逃げながら人というものを考えた。大風が草木を吹けば、草木はなびく。そのなかで大風の力に屈せず、まっすぐ立ったままでいられる草木にあたる人物とはたれなのか。

けっきょく項羽に媚《こ》び、季布に狎《な》れた人物は、みなだめである。それらの人物は、

いま、ことごとく劉邦に阿諛《あゆ》しているであろう。そうおもうと、

――人とは、いるようで、いないものだ。

と、なさけなくなり、腹立たしくなる。

泣いても怒っても、どうにもならないのが季布の将来というものである。逃げつづけて老い、けっきょく死ぬのであれば、みずから名告《なの》りでて、劉邦に首を刎ねられたほうがましかもしれない。季布としては逃げつづけることに価値をみいださねばならない。

夜、季布は草の上に横になり、星をみるたびに、

――なぜ逃げる。

と、天にむかって問いかけた。どこかの星に項羽が虞美人と住んでいそうな気がした。その項羽が季布の問いにこたえてくれるときがあるのではないか。そうおもってながめる天は、しかしながら、いつも静黙をたもっている。

死ぬことは楽なことだ、と急におもわれるときもある。項羽はけっきょく戦死したようなものであり、おなじ戦死をするのであれば、なぜ垓下において死なかったのであろう。あのときの項羽にとっては、逃げるということが、生きるということにひとしかったのか。季布は答えのえられない疑問を発しつつ、野宿をかさねた。

ゆくあてはない。

睢陽《すいよう》の邑《まち》が近くなった。睢陽は項羽を討ち取った灌嬰の生まれたところであり、戦国時代に宋《そう》の国の首都があったところである。

季布は用心して邑にははいらず、かならず邑の外で寝ることにしている。日が落ちたころ、野宿にふさわしい場所をさがしていた季布は、いきなり、

「いい馬だな。売らないか」

と、声をかけられた。どこからあらわれたのか、ひとりの老人が立っている。黒い顔で白髪である。ふと季布は陰陵で路をきいた田父を憶《おも》い出した。まさか同一人ではあるまい。

「売らぬ」

と、いって、通りすぎようとした季布に、その老人は、

「そんないい馬をつれて歩いていたら、めだつぞ」

と、毒をふくんだ声でいった。季布ははっとして老人をふりかえり、しげしげとながめると、

「よし、売ろう。いや、わしのゆく先をおしえてくれたら、ただでやろう」

と、ためすようにいった。

「ふん、自分のゆく先もわからないのかい。なるほど、幽霊だな。おまえさん、足がないよ」

　おどろいた季布は自分の足をみた。足はある。が、ちょうど大木の下にいるので、闇に融《と》けているようにみえるのかもしれない。季布はその老人をにらみつけた。老人は笑ったようであった。それから、

「左へゆきなよ」

　と、いいつつ、金のはいった袋をわたし、季布から手綱をあずかると、馬に乗り、南へ駆け去った。

　季布は呆然と見送ったあと、愕然とわれにかえり、左とは北のことだな、とたしかめるようにつぶやいた。季布には感得することがあった。項羽はたしかこういった。逃げるということは、あてのないことで、あてのない身になって天意を知りたい。陰陵で路に迷った項羽は、そういう状況におかれていた。そのとき出遭った田父は、天意を伝える者、あるいは神ではなかったのか。左へゆけ、ということは、項羽を誤らせることばではなく、むしろ項羽を再起させる路を示したのだ。あのまま左へゆけば、西へすすむことになり、九江《きゅうこう》郡の寿春《じゅしゅん》へいたったであろう。そこをおさえている周殷が劉邦の側についたとはいえ、項羽が出現すれば、ふたたび九江

郡は楚軍に属すという奇蹟がおきたかもしれない。

「吁々《ああ》」

季布は紫色の天を仰いだ。その瞬間、

――あの男を忘れていた。

と、気づいた。逃亡にあてができた。そのことを、逆に季布はおそれた。目的地ができたことは、項羽とおなじように非命に斃《たお》れることになるのではないか。しかし、

――あの老人は神だ。

と、信じようとした。季布の足は北へむいた。歩きつつ恐怖がましてきたのは、以前の逃亡とちがう心のありかたであった。戦場ではおそれを知らなかった季布が、わずかな物音にもおびえた。庶民の目が強い光で自分を刺すような気がした。季布が濮陽《ぼくよう》の周氏《しゅう》の家にとびこんだとき、別人のごとく痩せていた。

かつて楚軍は黄河の南岸にある濮陽に進駐した。そのとき季布は土地の有力者である周氏と意気投合した。周氏は楚の兵が邑内で乱暴をしたので、邑民の迷惑をおもい、季布に訴えた。これだけでもかなり度胸のいることであった。季布は兵士の非違《ひい》をいましめた。するとぴたりと乱暴がやんだので、周氏は季布を敬尚した。い

わばこの二人は、利害とはべつなところで、つきあえる仲になった。

——周氏に売られるようであったら、わしの命運も末よ。

季布なりに考えた人の理想像というものがあり、その理想像に自身が近づこうとするかぎり、そこでみえてきた人物こそ、自分のいのちをたくしてもよいはずである。

「将軍——」

周氏は季布の顔をみたとき、自身のいのちをすてた。その覚悟がなければ、とても季布をかばい通すことはできない。周氏は季布を人目につかぬ部屋で起居させることにしたが、安心はできない。なにしろ季布の首には千金の懸賞がついており、使用人のなかで季布を怪しみ、そのことを家の外でわずかでも話そうものなら、すぐに役人が踏み込んでくる。周氏は季布の世話を使用人にまかせず、

「わしを男にしてくれ」

と、家族の者にいいふくめ、かくまいつづけた。この秘事が露見すれば、家族の者はみな死刑になる。そうおもえば、気をゆるめるときがない。ある日、周氏の妻が心配そうに、

「どうやら家人のなかで、あの客人をいぶかり、のぞきみをした者がいるようで

す」

　と、いった。

　——いかんな。

　さっそく周氏は季布の部屋にゆき、事情を話し、とてもかくまいきれないことを告げたあと、

「これからわたしが申すことを、お聞きいれなさらぬなら、ここで自分の首を刎ねて死ぬことをおゆるしいただきたい」

　と、必死の策をうちあけた。

　その策というのは、季布を奴隷の仲間にもぐらせるというものである。それだけでは不安なので、奴隷を使うことになる人物をえらんだ。

「朱家《しゅか》」

　である。朱家は魯《ろ》の有力者であるが、その俠気《きょうき》は天下になりひびいている。天下随一の俠者といってよい朱家にまで、官憲の手はおよぶまいと周氏はみこんだのである。

「奴隷になる」

　と、きかされて、季布はおどろいたが、周氏の誠意にうたれ、否、とはいわなか

った。

季布は頭の毛をそられ、首かせをはめられ、褐衣《かつい》をきせられ、広柳車《こうりゅう》とよばれるほろ牛車に載《の》せられて、朱家へ送りこまれた。奴隷の売買は公然とおこなわれている。

「なに、周氏がじきじきに、奴隷を売りにきたのか」

かすかに眉をひそめた朱家は、庭にでて、周氏と挨拶をかわしてから、車内の奴《ぬ》婢《ひ》をみわたした。ひとり異相の男がいる。

――はてな。

朱家は内心首をかしげた。腑におちぬことばかりである。濮陽で名の知れた周氏が奴隷の車につきそってきたことが、そもそもいぶかしい。奴隷の売り値は安い。それでは往復の費用にもなるまい。奴隷のなかにいかにも英豪をおもわせる者がいることも異様である。あの男であれば、他の奴隷の十人分にあたる高値がつくであろう。

――なるほど、そういうことか。

朱家ははっと気づいた。あの男は、季布だ。一目にしてそれと察したのであるから、朱家の眼力はすさまじい。

「買いましょう」

すぐにそういった朱家は、周氏を座敷にあげ、さりげなくもてなした。周氏も肝が太い。ひとことも季布のことはいわず、朱家の表情をさぐるような目つきもせず、泰然ともてなされて、帰っていった。

朱家は息子を呼んだ。それから二人で農場の小屋にゆき、新入の奴隷たちをみせ、季布を目でおしえ、

「あの男をおぼえておけ。田畑のことは、あの男のやりたいようにやらせよ。食事は、かならずあの男といっしょにとれ」

と、いいふくめた。

朱家は自家に季布がはいったと知るや、官憲からの問いあわせにたいして、知らぬ存ぜぬで押し通すことができぬことをさとり、打開策を考えた。季布を漢土の外へ出すことはできる。朱家にはそのくらいの力はある。季布を北の匈奴《きょうど》へ逃がすか、南の越《えつ》（ベトナム）へ逃がすか、というのは次善の策で、これほどの英傑を中国内で役立たせなくてはうそであり、そのためには季布の追及と処罰をやめてもらわねばならない、というのが最善の策であった。

劉邦の心をうごかせる者で、しかも長者の風格がある漢の高官といえば、

夏侯嬰《かこうえい》しかいない。それが朱家の結論である。夏侯嬰は、その出身が劉邦とおなじ沛《はい》であり、つねに劉邦のそばにいて、ついに劉邦を衛《まも》り通した男である。夏侯嬰にたいする劉邦の信用は絶大であることも、朱家が夏侯嬰へ話をもってゆく理由のひとつであるが、朱家の目からは、漢の群臣のなかで、

——かれこそ男だ。

と、みえた。肚《はら》で話のできぬ男に訴えてもはじまらない。

朱家は軽車に乗って洛陽《らくよう》へゆき、夏侯嬰に面会を求めた。何の用だ、と夏侯嬰はおもったが、朱家が魯の大俠であることは知っており、おろそかにはあつかえぬという気で会った。魯は漢軍に降ったばかりである。その民情から話をはじめた朱家は、やがて季布のことを話題にのぼらせた。季布について感想を求められた夏侯嬰は、

「賢者だ」

と、いった。公平な評である。さてこそ、と朱家は説いた。季布が項羽のために働いたのは、おのれの職責を果たしたまでではないか。項羽の臣が憎いとしても、すべての臣を死刑にできようか。季布を追及するのは、主上の私的な怨みをはらそ

うとしているように、下からはみえる。逆に季布を赦し、主上の心の広さを天下に示すべきである。朱家は説きつづけた。

――ははあ、季布は朱家のもとに匿《かく》れているのか。

夏侯嬰はそれがわかり、その時点で、よくわかった、といい、朱家を帰した。夏侯嬰はそれとなく劉邦の閑暇《かんか》の時をうかがい、季布の宥免《ゆうめん》を進言した。ならぬ、とは劉邦はいわなかった。

「季布をつれてこい。会おう」

と、いった。この一言によって、季布の逃亡生活は終わった。

季布を引見した劉邦は、

「垓下を出るとき、項王はなんといった」

と、問うた。

「江水がみたい、と仰せになりました」

季布は答えた。劉邦はかるく笑った。

「汝は旧主おもいよな。わしが想像するところ、項王は逃げるといったのであろう。汝がどういおうと、そうであったにちがいない。そうでなければ、わしがこうしてここに坐っておられようか」

「恐れ入りました」

季布が頭を深々とさげると、劉邦は立ち、歩きはじめ、ふと足をとめて、

「項王は垓下で死んでいたのだ。逃げたのは幻よ。人は必死に逃げれば助かるものだ。人とはありがたいものだな。そうであろう、季布」

と、背中でいった。季布は冷汗をおぼえた。

――この人からは逃げようがない。

それが実感であった。

季布は劉邦の死後、中郎将に昇り、のち河東《かとう》郡の太守となった。季布の名声はますます高くなり、

――百の黄金を得ることは、季布の一諾を得るにおよばない。

とまでいわれるようになった。

# 長城のかげ

この男はつねに劉邦《りゅうほう》の陰《かげ》にいた。

ときどき劉邦がため息をつくと、その嘆きをふくんだ息の落ちるところに、この男はいた。

盧綰《ろわん》
という。出身は沛《はい》の豊邑中陽里《ほうゆうちゅうようり》である。

じつは劉邦の出身もその里である。劉邦とのゆかりはそれだけではなく、劉邦の父と盧綰の父とは非常に仲がよく、その仲のよさをあらわすかのように、劉邦と盧綰とはおなじ年のおなじ日に生まれた。

「相愛のめでたさよ」

と、里の者はくちぐちにいい、両家の誼《よしみ》の篤《あつ》さをほめ、羊と酒とをたずさえて二人を祝った。

同年同日に生まれたからといって、この二人の子がかならずしも仲よく育つとはかぎらない。が、劉邦と盧綰はともに字をまなび、父におとらぬ仲のよさをしめした。里の者はかれらをみて、目を細め、

「なんと嘉《よ》いことではないか。父が親友どうしで、子がおなじ日に生まれ、その二人も親友になった。祝わずにおられようか」

またしても里の者は羊と酒とをもって両家をおとずれたのである。

劉邦は長ずるにしたがって勤勉とはほど遠い性格であることがあらわになり、農作業をなまけ、遊びまわるようになった。

ただし劉邦の父の性格も、さほど農業にむいているとはおもわれず、商人をみかけるとよびとめ、物を買うわけではなく、口だけうごかして夕方をむかえるということもあり、かけごとを好み、闘鶏などに興じることがあったから、劉邦のからだのなかには父の血がもっとも濃くはいっていたのかもしれない。

家業は劉邦の兄たちがになっていたといってよい。

劉邦は末子なので、あざなは季《き》である。

劉邦と盧綰はおなじ歳でありながら、劉邦は兄の風格をそなえ、盧綰はなにごとにおいても半歩退いた。しかし一歩退くとふつうの友になりさがってしまうことを

盧綰はわきまえており、劉邦もその点に気をつかい、ほかの友とは区別してつきあってくれた。

――ぞんがい、こまやかな……。

と、盧綰は劉邦の性情にあるやさしさにふれたおもいがすることが、しばしばあった。そんな劉邦を、

「季さん」

と、いって盧綰は慕い、つねに行動をともにした。劉邦が遊べば、盧綰も遊んだ。里の者は眉をひそめてかれらをみるようになった。

劉邦は他人に豪気をみせたがった。ところが裏へまわってみるとけっこう信心が篤いのである。

豊邑のなかに社があり、劉邦は人目を忍んでよく参詣にいった。そんなときは盧綰しかつれていかない。

いつも劉邦はたいそう熱心におがむので、小首をかしげた盧綰は、

「なにを願っている」

と、声をかけた。すると劉邦は、

「わしの願いを奪うつもりか」

と、恐ろしい顔をむけた。一瞬、気おくれをおぼえた盧綰だが、心をはげまして、

「訊《き》いて、なにが悪い」

と、口吻《こうふん》をむけた。

「おまえにしゃべれば、わしの願いをおまえにやるようなものだ」

「季さん」

盧綰はむくれてみせた。ひごろ劉邦は盧綰に、生まれた日がおなじなら死ぬ日もおなじにしよう、といっている。死ぬ日がおなじということは、死ぬまでいっしょにいるということではないのか。つまりひとつの魂がぬけるとふたつの肉体が同時に屍体となるのだから、一心同体である。そう考えれば、劉邦の願いは盧綰の願いであり、劉邦がその願いの内容を盧綰にあかしても、ひとりごとをいったとおなじことになるだろう。

「そうじゃ、ないか」

盧綰はめずらしくまくしたてた。

「おお……」

劉邦は破顔した。この男が笑うと、なんともいえぬおおらかさがあたりにただよう。盧綰はほっとした。

「願いはひとつだ。その願いはひとつの心から発している。が、その願いがかなっても、二人でわけあうことができない」

と、劉邦はゆったりいった。

盧綰はむずかしい顔をした。なかなか劉邦が願いのなかみをいわないので、しびれをきらしたように、

「季さんの家も、わたしの家も、豊かではない。どうせ、多くの人をつかう富人《ふじん》になりたいのだろう」

と、いってみた。

劉邦は笑いを目もとに残し、

「多くの人をつかう、というのは当たっている」

と、こたえたものの、そのあとは、口のなかでことばをころがしている。

盧綰は耳を近づけた。

「よくきこえない」

「まあ、いいか。盧綰にはいおう」

当然だという顔つきをした盧綰は首をまわして、劉邦の口もとをみつめた。

「王になりたいのさ」

「え──」

「王だよ」

そのことばが、ひとけのない境内にひびいた。

「魏《ぎ》王のようにか……」

なまつばをのみこんだ盧綰はそういった。とっさに魏王といったのは、豊邑のある沛は斉《せい》と魏の国境にあって、気性の風土としては荒々しく、里人の感情が好逆《こうげき》する国は、強大な秦《しん》とむすんでおさまりかえっている斉より、秦にさからっているけなげな魏のほうであったからである。

かつて里人が喝采をおくったのは、魏の公子の信陵君《しんりょうくん》（無忌《ぶき》）である。かれは魏軍と他国の軍を率いて、無敵ともいえる秦軍をうちやぶった。そのとき、

──ざまをみやがれ。

と、いったのは、豊邑の人々ばかりではなかったろう。秦をきらう人々は多かれ少なかれ溜飲をさげたのである。

むろん劉邦も信陵君を大いに尊敬しているようである。しかしながら劉邦の願いが信陵君の身分より上にあったとは、盧綰にとって意外であった。というより、あきれた。

群雄割拠の時代である。中国で真の王だとおもわれていた周《しゅう》王はすでに秦によって滅ぼされている。各国の王が人として最上の地位にいる。劉邦にしろ盧綰にしろ、いまの秦王（政《せい》）が、やがて王の上の皇帝という位と称号をつくるとは、夢にも考えていない。

「わかっている」

「季さん、王になるには、血すじが必要だ」

劉邦は盧綰の異論をはねかえすようにいった。劉という姓は春秋時代の周王を輔佐した大臣にみえる。が、劉邦はそのことをいわず、

「わしの血すじは、あれよ」

と、社をゆびさした。

盧綰は眉をひそめた。劉邦が自分をからかっているとおもったからである。

「盧綰、まじめな話だ」

と、劉邦はなだめるように盧綰の肩をたたき、少年のころに父からきかされたふしぎな話をうちあけた。

劉邦の父母が大きな沢に遊びにいったことがあった。堤の上で母が休息していたとき、にわかにあたりが暗くなって、電光がひらめいた。そのときはなれたところ

にいた父は心配になって母をみにいったところ、ねむっている母の上に、蛟龍《こうりゅう》がいた。あとで母にきいてみると、夢のなかで神に遇《あ》ったという。

蛟龍は小型の龍と想《おも》えばよい。

「わしをみごもったのは、その直後よ」

と、劉邦はまじめくさっていった。

「へえ、龍がねえ……」

盧綰はおどろいてみせた。劉邦とのつきあいのながさでは他人《ひと》にはまけない盧綰は、この親友が大言壮語を吐く癖をもっていることに気づきはじめている。したがって龍の話は、劉邦が父親からきかされたものかどうか、大いに怪しむべきであるが、それをいうと劉邦の気分が一変するであろうと気づかい、あえて感心してみせた。

「おどろいたろう。わしも、それを知っておどろいたものだ」

「季さん、……でも、龍と社と、どんなゆかりがある」

盧綰は劉邦の表情をさぐりながら訊いた。劉邦は自分を社の血すじだといったのに、龍の子であるともいった。社には穀物の神が祀《まつ》られているものなのである。劉邦の目に快活なものがあらわれた。

「なにも知らんな、おまえは。社はな、大昔には龍が祀られていたのだ。じつはいまもそうだ。句龍《こうりゅう》といってな、二匹の龍がからみあっているのがご神体よ」

「へえー」

こんどはほんとうに盧綰はおどろいた。どこで仕入れた知識かしらないが、劉邦が龍にこだわっていることはまちがいない。

ところで句龍の句はかぎのことであり、かぎのようにまがった龍ともいえるが、句は交と解したほうがよく、劉邦の話にでてきた蛟龍の蛟も、交わった龍の意味でつかわれたのかもしれない。

とにかくあとになって盧綰はそのときの劉邦をよくおもいだした。

秦によって中国の統一がなされたあと、劉邦は労役のために首都の咸陽《かんよう》へのぼった。そのとき始皇帝の巡閲《じゅんえつ》があった。

「季さん、どこへゆく」

劉邦からはなれたことのない盧綰は、この労役にもしたがっていたが、あたりがざわついたとき、劉邦がするすると身を引いてゆくのがわかり、青ざめた。

——始皇帝をぬすみみる気だ。

と、勘でわかった。

中国のすべての民は始皇帝を仰ぎみることはゆるされていない。もしも首をあげて始皇帝をみれば、その首は血を噴いて胴からはなれるであろう。

劉邦はものかげにかくれた。直後に、あたりのざわめきが熄《や》んだ。さすがの劉邦も自分の動悸がきこえた。

かれの目がくらがりで光った。その目に車上の始皇帝が映った。その影はしだいに小さくなった。劉邦は腰を落とし、息を吐いた。

——壮観とは、このことだ。

劉邦は長大息をくりかえした。

始皇帝は人民のことを黔首《けんしゅ》とよんでいた。黔は黒ということである。始皇帝を仰ぎみることができないのであるから、始皇帝にしてみれば、人の黒い頭ばかりをみることになる。ここでもそうであった。何万という労役夫がいっせいに地にひれ伏した。黄色い土が、あっというまに黒くなった。その黒の上を華麗な車がおびただしい従者とともにすぎていった。

「嗟乎《ああ》、男として生まれたら、ああなるべきよ」

と、劉邦はため息まじりにいった。その息の落ちるところに、めずらしく盧綰はいなかった。

始皇帝が崩ずると、中国全土は叛乱の嵐におそわれ、劉邦と盧綰はその血なまぐさい疾風のなかを走りつづけた。

盧綰は劉邦のかげのごとくよりそい、劉邦のゆくところには、かならず盧綰がいた。盧綰だけは劉邦の寝所に自由に出入りができた。劉邦という男の奇妙さというか不作法さというか、かれは女との情交のさなかでも、思いついたことがあれば盧綰をよんだ。

劉邦は一時盗賊まがいのことをやっていたから、かれの寝所は屋内ではなく、山中や沢畔《たくはん》のときもあり、洞窟のときもあった。盧綰がよばれてゆくと、たくましい裸の男の下でけたたましい嬌声やせつない吐息を発している裸の女をまともにみることがあった。盧綰がまぢかにきても劉邦は腰を浮かせず、上体だけを女からはなして、盧綰に顔だけをむけ、あれこれ、指示した。

劉邦が自分の体軀《たいく》の下におさめていた女は、目のさめるような美貌の女はいなかった。かといって醜女もいなかった。

しかしながら劉邦が兵を率いて戦果をあげるようになると、劉邦の情をうける女は、美しさをそなえている女が多くなった。

——どこでみつけるのか、よくもまあ……。

と、盧綰はあきれぎみに感心した。盧綰は劉邦からはなれることはめったにないので、二人の視界に大差はないはずである。ところが劉邦の寝所には盧綰がみたこともない女が艶姿をくつろげている。

盧綰はうらやむより、むしろ心配が先にたった。

「季さん、女には注意してください」

敵が劉邦の好色を知って、美女を送り込み、劉邦をあやめることをたくらむかもしれない。盧綰はそのことをほのめかした。

劉邦は一笑した。

「ものごとがうごくときは、気がうごく。むこうに害意があれば、そのものは悪臭を放つ。女のにおいをかぎわけることにかけては、わしにまさる者はおらぬ。案ずるな」

たしかに劉邦にはそういうところがあった。かれの感性は人間ばなれがしていた。異臭をかぎわけることについては、女にかぎらずすぐれていて、たとえば道をすすんでいるとき、急にとまり、

「盧綰、べつな道をゆくぞ」

と、いうことがあった。なんとなくいやな気がするという。前途に敵兵がいるという情報ははいっていない。それでも劉邦は道をかえた。あとで盧綰の耳に、味方だとおもっていた兵が裏切って劉邦を殺害しようと待ちかまえていた、などというぞっとする報せがとびこんできた。

――どうして危地がわかったのか。

と、劉邦にきいてもむだである。なんとなく、と劉邦はこたえるだけであろう。ただし劉邦のそうしたふしぎさは、神を信仰する篤さからきていたとも考えられる。かれは心のどこかで、人の意志に超越する意志、べつなことばでいえば天命とか天志とかを信じており、これだけ世が乱れに乱れてしまえば、いかなる英雄でもおのれの知能だけでは収拾しようがない。そもそも天が乱した世なのだから、天がおさめなおすしかなく、そのために天はみずからの代行者を指名するはずである。劉邦にしてみれば、自分が天からの指示をうける者になるには、なまじの智慧《ちえ》をすてて、天の意向を感じやすい体質にしておく必要があった。劉邦に智慧があったとすれば、それが唯一の智慧であった。しかしながら、それは智慧とはよべず、なんとなく劉邦が感じたことのひとつにすぎなかったかもしれない。

劉邦は酒も大いに愛した。

そんな劉邦をみて、つい盧綰は冗談に、

「酒色を嗜《この》む季さんは、りっぱな悪王になれる」

と、いった。劉邦は一瞬表情をくらました。が、怒気はみせず、

「酒色を嗜むのはかまわぬ。往時の悪王は、みな酒色におぼれた者たちだ」

と、断言した。

そういわれてみると、なるほど劉邦は酒色にわれを忘れるという醜態はみせない。だいいち情交のさなかに盧綰をよんでさしずをするのは、耽溺《たんでき》から遠い行為である。劉邦にとって女は主食のようなものであり、それがなければ生きてはゆけず、かといって満腹感をおぼえるまでは食べない。かれは女体の上で思考を深めることができる特異体質であったともいえる。

好対照の男がいた。馬上での思案を得意とする項羽《こうう》である。かれの感性は強烈な好悪をそなえており、悪《にく》むものを徹底してほろぼし、好むものをかぎりなく大切にするという特性は、つねにかれの身近に千里の馬である騅《すい》と絶世の美女である虞《ぐ》がいたことからあきらかである。

劉邦はその項羽ににくまれた。そのため劉邦はむざんなほど負けつづけた。そのたびに盧綰も劉邦と遁走した。

恐怖のせいで口がきけないことがしばしばあった。

地にひっくりかえった劉邦をみた盧綰は、

「龍でも地を走り、ねむるときはひっくりかえるのか」

と、いったことがある。それをはげましときいた劉邦は、首だけをおこし、

「天を走る龍も、喉がかわくと、地におりてくる。いまのわしはそれよ。水を得れば、あとは天へ昇るばかりだ」

と、つよがりをいった。

ところが奇妙なことに、常勝の項羽に人気《じんき》は寄らず、敗亡をくりかえしていた劉邦に輿望《よぼう》があつまった。

盧綰が気がついてみると、劉邦は王になっていた。劉邦は漢中《かんちゅう》に国を樹《た》て、

「漢王」

と、よばれていた。

——豊邑の社は季さんの願いをかなえたのだ。

と、盧綰は感動して劉邦をみた。だが、劉邦の体貌にそのような満足はあらわれず、項羽と死闘をくりかえした。

劉邦が漢王になってから五年目の十二月に、劉邦も盧綰も、垓下《がいか》というところに

いた。項羽を完全に包囲したのである。

垓下において劉邦はほとんどなにもしなかった。諸将が功名に逸《はや》り、項羽の軍をけずっていた。

——まあ、やりたいようにやらせよう。

そういう劉邦の態度であった。さすがにこのころになると盧綰は劉邦にむかって、

「季さん」

とはよべなくなっていた。劉邦はあいかわらず盧綰を寝所によんだ。月光のなかで美体をかがやかせているのは戚《せき》夫人であろう。

——この女《ひと》は美しい。

と、盧綰はまぶしげにみた。

寝所のなかには愛妃しかいないので、劉邦としては盧綰と話しやすいのであろう。くだけた口調で、たわいもないことをいう。いいながら、戚夫人のかたちのよい乳房をまさぐっている。戚夫人はおとなしく劉邦の指に身をゆだねている。が、ときどき、小さな叫びとともに、身をそらしたりくねらせたりした。そのたびに戚夫人のからだからかすかに薫風が立つようであった。

「まもなく終わりますすね」

と、盧綰はなるべく戚夫人をみないようにしていった。終わるというのは、項羽が死に、戦乱が終わるということである。

「いや……」

劉邦は複雑な笑いをみせた。

「項羽に同情する南方で抵抗があったとしても、小さなものでしょう」

盧綰がそういったのをきいていなかったのか劉邦は、

「項羽はいい男だな。男のなかの男といえば信陵君だが、項羽はそれに次《つ》ぐ。なにしろ敵でありつづけ、敵であることを裏切らなかった」

と、つぶやくようにいった。

劉邦がなにをいいたいのか、さぐるような目つきをしたまま盧綰はだまっていた。

「名馬がわしの畑のすみで斃《たお》れようとしている。すると、それを啖《くら》いに、奸知《かんち》にたけた狐と貪欲な狼が山中からおりてきた。それらの獣が馬を食べおわると、わしの畑を荒らすにきまっている。たとえそれらの獣を退治しても、山のむこうには獰猛《どうもう》な熊があばれまわっているということさ」

そういいおわると、劉邦は戚夫人を膝のうえに抱きあげた。ゆたかな髪が盧綰の目のまえでゆれた。

盧綰は膝をずらして退いた。

髪のむこうから劉邦の声があがった。

「盧綰、ここまでよく属《つ》いてきてくれたな。汝《なんじ》は戦いかたもうまい。大いに頼りにしているぞ」

あたたかい舎内から外にでると、刺すような冷気であった。盧綰が目をあげると、灼々《しやくしやく》たる星である。やがて地の底から楚歌《そか》が湧きあがってきた。


項羽は死んだ。

「のこるは、魯《ろ》か」

劉邦はほがらかにいい、軍を北上させた。途上、劉邦は盧綰に、

「わしは、魯のような国がすきだ」

と、ささやいた。好敵手であった項羽が自領としていた魯は、どんなに項羽が不利になっても漢軍に降伏しようとしない。その国民性を劉邦は愛した。魯を包囲した劉邦は、

「城内の長老どもに、項羽の首をみせよ」

と、命じた。

三日ほどすると、城門がひらかれた。

「早くもなく、遅くもなし。なるほど魯は中庸《ちゅうよう》の国よ」

と、つぶやいて劉邦が腰をあげたので、盧綰はすくなからずおどろいた。劉邦が儒教をけぎらいしていることはあまねく知られている。中庸は儒教の理念のひとつである。

——季さんが皇帝となる日が近い。

ふと、盧綰はそれを感じた。奇妙なことに、同時に、不安もおぼえた。劉邦は故里の社に、

「王になりたい」

と、願ったことはあっても、皇帝になりたいと願ったことがあったのだろうか。もしも劉邦が皇帝になれば、劉邦は自分の願いを超《こ》えた存在になってしまう。それを嘉良《かりょう》とするより、劉邦は神のみちびきのない未来へゆかざるをえないのではないかという恐れがさきだって、盧綰は悸々《きき》としたものをおぼえた。

魯をくだした劉邦は、すぐさま韓信《かんしん》の兵をあわせると、

「洛陽《らくよう》へゆくぞ」

と、いい、軍を西進させた。洛陽に首都をおくつもりなのである。この軍は汜水《はんすい》

とよばれる川の北をすすんでいたが、軍中から、

「漢王を皇帝にしよう」

という声が噴出した。軍は停止した。停止命令をだしたおぼえのない劉邦は、

「どうした」

と、いぶかったが、足下に諸将がずらりとならび、その訴願をきいて、にが笑いをうかべた。

「わしが帝位にふさわしいかどうか、よく考えよ」

と、劉邦はとりあわない態《てい》をみせたが、諸将はしりぞかず、

「われらは大王より王侯にしていただいたが、大王に皇帝の尊号を名告《なの》っていただかなければ、われらの位は有名無実になってしまいます」

と、言い張った。

劉邦は三譲したが、けっきょくその訴願を容《い》れた。

「みなにつごうがよいのなら、国家にもつごうがよかろう」

それが受諾の言であった。

劉邦は汜水の北の地で、皇帝の位にのぼった。紀元前二〇二年の二月三日のことである。

その践祚《せんそ》のありさまを、盧綰はすこしはなれた位置でみていた。

――季さんが、しだいに遠くなる。

盧綰のまなざしに淡い哀愁がただよった。

劉邦はここで各将の認定式をおこなった。王は大国の君主、侯は小国の君主であるとおもえばよいが、王である者はそのまま王に、侯である者のうち彭越《ほうえつ》を王とした。同時に国がえをおこなった。斉王であった韓信を南方にうつし、楚王とした。

――季さんはよほど韓信に用心している。

と、盧綰はおもった。

斉も楚もゆたかな国であるが、国情はいちじるしくちがう。なにしろ項羽の軍のことを楚軍といったくらいであるから、楚には項羽に同情する者が多く、その点、治めにくい。劉邦は韓信の将器を高く評して、楚を鎮撫させようとしたのかもしれないが、韓信自身はどう考えているであろうか。やはりこの配置がえは、韓信の勢力を殺《そ》ぐ目的があるのではないか。

盧綰はひそかに韓信の表情をうかがったが、その外貌にすぐれた男の顔にとくべつな感情はみえなかった。

認定式がおわり、洛陽へ発《た》つまえに劉邦は、

「盧綰、悪いようにはせぬ」

と、いい、国もちになれなかった親友をなぐさめた。

「いや、わたしは……」

と、とっさにいった盧綰はことばを見失った。劉邦にそういわれて、王になりたいと心のどこかで願い、その認定式を羨望の表情でながめていたのか、と気がついた。

——わたしはいつも季さんとともにいればよい。それ以上のことは望まない。

と、いいたかった。が、それが真情であるのか、自分でもわからなくなった。いくら劉邦の近くにいたいと願っても、もはや時の力が私交というものをひきさいてしまう。

ふと、盧綰は孤独を感じた。おなじ孤独を劉邦も感じているのかもしれないとおもった。

洛陽に着いたとたん、叛逆を告げる者が南方から急行してきた。

「臨江王《りんこう》がそむいたのか」

わずかに眉をひそめた劉邦は、しかし意外ではないという表情で、盧綰をよんだ。

臨江王は、名は尉《い》という。尉の父を敖《ごう》といって、かれは項羽がかついだ義《ぎ》帝の柱《ちゅう》国《こく》（家老）であったのだが、戦功が多いということで、項羽によって王位をさずけられたのである。敖はそのことによって項羽に恩義をおぼえていたであろうし、息子の代になっても、

――臨江王は項羽がくれたものだ。

というおもいがぬけず、たやすく漢の天下にさせてたまるかという反骨から、叛旗をひるがえしたのであろう。

劉邦はそういう男がきらいではないが、皇帝の位にのぼったばかりで、乱世のおわりを人民に告げようとしていた矢先のことなので、劉邦としてはおもしろくない。

「項羽をみごろしにしたくせに、いまごろになって、項羽のためにそむくばかなやつがいる」

劉邦はそう吐きすててから、盧綰に討伐を命じた。

「しくじるなよ」

と、劉邦はめずらしく念をおした。盧綰は将軍の劉賈《りゅうか》とともに討伐軍を率いて南下した。盧綰の頭のすみで、劉邦のことばが鳴っている。

――あれはどういうことか。

と、途上、考えつづけた。討伐を失敗してもらってはこまる、といいたいのはわ

かる。が、劉邦とながいつきあいの盧綰には、劉邦がそれ以外のことをいおうとしたこともわかるのである。

討伐軍は臨江王の本拠である江陵《こうりょう》をかこんだ。

盧綰は慎重になった。そのため攻撃ににぶさがでた。五月になっても江陵を落とせない。

「どうした」

という劉邦の声をたずさえて、洛陽から使者がきた。

「まもなく降伏させる、と帝におつたえねがいたい」

と、いって、盧綰は使者をかえした。使者が去るのをみとどけた劉賈は、盧綰のあたりに人がいないのをたしかめると、

「太尉、慎重すぎませんか」

と、いった。劉賈は劉邦の一族の出身だが、劉邦との親しさにおいて盧綰をしのげない。劉賈にかぎらず、どの将も盧綰にたいしては鄭重であった。

だが劉賈の鄭重さのなかにはほかの将にないあたたかみを感じていた盧綰は、

「じつは」

と、いい、出発まえに劉邦から念をおされたことをうちあけた。劉賈は、ほう、

という表情をしたが、すぐに笑い、

「太尉、考えすぎましたな」

　と、明るくいった。

「そうだろうか。しくじるな、ということは、皇帝の尊顔に泥をぬるなということで、臨江王をとりにがさず、殺しもせず、捕虜にして洛陽へつれてこい、といわれたような気がしたのだが……」

「ちがいますな。皇帝は太尉のことをお考えになっただけでしょう」

「どういうことかな」

「臨江王を捕虜にするにこしたことはない。が、殺してもかまわない。要するにはやく叛乱を鎮めて、太尉の軍功を内外に知らせたいというのが皇帝の御心です」

　盧綰は口をつぐんだ。

「まだおわかりになりませんか。たぶん皇帝は太尉を王になさりたいのです。そのために諸王や諸侯をなっとくさせる軍功を太尉にたてさせようとなさったのです」

「わしを、王に――」

　盧綰の口がぽっかりあいた。劉邦の帷帳《いちょう》のなかにあって漢軍の戦略を主導した張《ちょう》良《りょう》や蕭何《しょうか》でも王になっていない。それなのに、ひたすら劉邦に属《つ》き従っていたにすぎない自分が、それらの功臣を超えて王位をうけてよいものであろうか。

そんなとまどいのあとに、腹の底から喜びが胸を熱くさせながら立ち昇ってきた。

――季さんは優しい。

盧綰はみずからの想像のなかで感動し、感動のあまり立ちあがり、

「将軍、総攻撃をかけよう」

と、劉賈にいった。盧綰は劉邦の気づかいを知り、その厚意にあまえて王になりたいというより、かえってここで死んでもいい、と強くおもった。


漢軍の兵は城内になだれこみ、臨江王を捕らえた。盧綰は臨江王の身がらを洛陽にはこび、意気揚々と凱旋した。

盧綰の顔をみた劉邦は、

「もっと、あざやかにやれ」

と、苦言をなげつけたが、目が笑っている。

ところで盧綰の復命をうけた劉邦はすでに長安《ちょうあん》にいた。漢王朝の首都は洛陽より関中《かんちゅう》のほうがよいと献言した者がおり、張良もそう勧めたので、

「わかった」

と、いった劉邦はその日のうちに馬車に乗り、長安への遷都を断行してしまった。これほどすばやい遷都は中国史上でこれを措《お》いてほかにはあるまい。

したがって盧綰は洛陽に帰還するつもりで、臨江王を洛陽へ檻送《かんそう》した。劉邦はかたづけ仕事をするように臨江王を斬らせると、六月には長安にいたので、盧綰は帰途を変更した。盧綰の復命は七月である。

ところが盧綰は一息するひまもない。

劉邦が甲《よろい》をつけたのである。

「盧綰、こんどは北だ。ついてこい」

そういった劉邦は、もう車上の人であった。

秦の時代に中国は遼東半島を支配下においていた。その遼東といまの北京を中心とする燕《えん》国とをあわせもっている王を臧荼《ぞうと》という。この人物も項羽のみこみがよく、もとは燕王の韓広《かんこう》の将であったのだが、項羽のひきたてで燕王となり、遼東王に移された韓広が封地へゆくのをいやがると、韓広を殺して、遼東の国も自領とした。

その臧荼が軍をうごかして、西進し、代《だい》の地を攻めたのである。

劉邦が親征したということは事態を深刻にうけとめたということである。

漢軍は燕軍を分断し、臧荼を捕らえた。

すぐさま劉邦は、

「群臣のなかで功のある者を択《えら》び、燕王とする」

と、詔《つ》げた。

劉邦自身が選択するのではなく、燕王にふさわしい者を諸将列侯に推薦させようとした。なにゆえ皇帝みずから燕王をお決めにならないのかとたれしも考え、たれしも想到したことはひとつであった。

——盧太尉を燕王になさりたいのだ。

下詔をうけた臣は、そろって言上した。

「太尉盧綰は、皇帝の天下平定につねに従い、功はもっとも多いと存じます。燕王になってしかるべきです」

「そうか。では、そういたす」

劉邦が聴許した瞬間、燕王盧綰が誕生した。

正式な任命をおえた劉邦は、あとでこっそりと、

「よかったな、盧綰。だが、社前で自分の願いを人にもらすものではない、とつくづくわかったよ」

と、いい、杯をあげた。

盧綰は軍の一部を率い燕国の巡撫《じゅんぶ》にむかった。臧荼にしたがってきた兵は四散し、帰国したであろうが、そのままおとなしくなるとはおもえない。

一方、劉邦の耳にまたもや謀叛の報せがはいった。項羽の将であった利幾《りき》が自領の潁川《えいせん》でそむいたのである。劉邦が項羽を討ったあと諸王列侯を洛陽に招いたことがあり、その宴に出席しなかった利幾は疑心暗鬼となり、やむなく叛逆にはしったのである。

盧綰とわかれるとき劉邦は、

「王侯でも、気の小さいやつが多い」

とだけいい、南へ去った。大乱は終わったが人心はさだまらず、各地でおこる叛乱の小規模の噴火を劉邦がみずから消してまわらなければならないところに、劉邦のつらさがあったにちがいない。もちろん盧綰にはそれが痛いほどわかり、自分が劉邦にかわって鎮撫《ちんぶ》の軍を率い、奔命《ほんめい》につとめてもかまわないとおもっていた。だが、劉邦の身になって考えてみると、それでは北の守りに信をおけなくなる。盧綰のように全幅の信頼をおける人物を北辺に配し、すこしでも多事多難をはぶきたいとおもっての、盧綰の封建であったろう。

——燕だけは、季さんのわずらいの種にしたくない。

その決意で盧綰は燕の首都へのりこんだ。

盧綰は才能にあふれた男ではないが、劉邦の近くにいたせいか、人臣の心緒《しんしょ》をつかむのがたくみで、軍政ばかりでなく行政においてもそつをみせなかった。騒擾《そうじょう》をつづける北辺の国々のなかで、燕だけがしずかにおさまった。

その治世を五年間つづけたことは、盧綰の統治能力をほめるべきかもしれないが、盧綰にとって運命の年がおとずれた。

燕の隣国にあたる代をまかされていた陳豨《ちんき》が、突如叛逆したのである。じつは陳豨は韓信と密約をかわし、陳豨が北で兵を挙げて劉邦をひきつけ、防備のうすくなった宮殿を韓信が襲って、劉邦の家族を殺し、宮中を制することになっていた。むろんそんな密約を知らぬ劉邦は、信任の篤い陳豨がそむいたので大いに怒り、みずから軍を率いて邯鄲《かんたん》へむかった。劉邦は盧綰へ使者をつかわし、

「燕王は東北から代を攻撃せよ」

と命じた。

「うけたまわりました」

ただちに盧綰は軍を発し、上谷《じょうこく》から代への侵入を計った。

——だが、うかつには攻め込めぬ。

と、盧綰は考えた。

陳豨が戦いにたけていることも用心すべきことのひとつだが、陳豨のうしろには匈奴《きょうど》という異民族がいることを頭にいれておかねばならない。匈奴に冒頓単于《ぼくとつぜんう》という英主があらわれてから、その勢力は強大となり、漢帝国と匹敵するようになった。しかも匈奴の軍は騎馬集団であるから、襲来するのも退去するのも非常に速い。こちらの退路をふさがれたり、行軍を分断される危険性が充分にある。そのため盧綰は匈奴のことにくわしい張勝《ちょうしょう》という臣に、匈奴のでかたをさぐらせようとした。

たまたま勝報がとどいた。邯鄲に腰をすえた劉邦は、戦局が有利になると、邯鄲を立ち、まっすぐ北にむかい、代と邯鄲の中間にある東垣《とうえん》を自身で攻め、敵将の趙《ちょう》利《り》をくだした。

「陳豨の軍は敗《やぶ》れたと匈奴につたえ、塞上《さいじょう》からしりぞいたほうが賢明であるといってやれ」

盧綰は張勝にいいふくめた。

塞上は長城のほとりということである。匈奴の軍は代の北境にある長城を越えて、代領内にいることが考えられた。

ところがいくら待っても張勝は帰ってこない。そのうちに太尉の周勃《しゅうぼつ》が代の地を平定してしまい、代の王として劉邦の子の恒《こう》がはいった。

おもむろに軍を引き揚げさせた盧綰は、本国からの急使に遭った。匈奴の軍が上谷から侵入し、首都をうかがっているという。

「張勝め、裏切ったな」

そう叫んだ盧綰は軍を急行させ、首都に帰り着くとただちに、

「張勝が匈奴に帰服したため、その一族を処刑したい」

と、劉邦に上奏することにした。

ところがその直後にこっそり張勝が帰ってきたのである。

「王よ」

と、張勝は声を低くして説いた。

張勝は匈奴の軍営に行った。その軍営で臧衍《ぞうえん》に会った。臧衍はかつて叛逆して滅亡した臧荼の子である。かれは匈奴に亡命していた。臧衍は劉邦の酷虐《こくぎゃく》さを暗示し、功臣をつぎつぎに抹殺している事実をあげ、

「陳豨がほろべば、つぎは燕ですぞ」

と、おどした。燕の国をながくたもちたいのなら、陰で陳豨をたすけ、匈奴と手をむすぶべきだと勧《すす》めた。その意見を容れた張勝は匈奴と和睦したことを中央にさ

とられないために、わざと匈奴に燕を攻めさせたのだといった。

「季さん、いや、皇帝がわしを殺す……」

そんなことがあろうか、と大声で張勝を叱《しか》ろうとした盧綰は、でかかった声をのみこんだ。陳豨と共謀した韓信が、劉邦の后《きさき》である呂后《りよこう》によって誅殺されたことがきこえてきた。

——奸知にたけた狐が殺された。

それが実感であった。つぎは貪欲な狼どもがほろぶ番かとおもった盧綰は、まさか自分が劉邦の畑を荒らす獣としてみられていようとは夢にもおもわなかった。むしろ自分は番犬のつもりであった。

盧綰は悩んだ。張勝には、

「人目につかぬところにかくれていよ」

と、命じ、自身も室内からでなくなった。

盧綰を決断させたのは、ひとつの器であった。臣下がささげてきた。

「なにか、それは——」

と、盧綰はものうげに問うた。

「皇帝からのたまわり物でございます」

臣下がうやうやしくいった。

「あけてみよ」

器の蓋がとられた。なかにあったのは塩づけの肉である。

一瞬、いやな気がした。盧綰は侍史に目をむけ、

「なにかおことばはなかったのか」

と、うながすようにいった。

「ございます」

侍史は書面をひらいた。その指がふるえた。

「はやく、申せ」

盧綰の声がするどくなった。

「梁王《りよう》を醢《かい》せしものなり、とございます」

盧綰は目がくらんだ。梁王とは彭越のことである。劉邦のいった狼の肉が送られてきた。盧綰が衝撃をうけたのは、劉邦が彭越を誅《ころ》したことではない。その彭越の屍体の一部をわざわざ盧綰にみせようとしたことである。

――わしを裏切るとこうなるのだ。

と、劉邦は各地の王侯を威喝した。醢刑にされた彭越は切りきざまれ各地に送ら

れたにちがいないが、

「なにゆえ、わたしにみせる」

と、盧綰は叫びたかった。かれの胸からかつてのおおらかな劉邦が消え去った。

――季さん、人を疑えばきりがない。このままだと、天下一の小心者はあなたということになってしまう。

盧綰は数日人を遠ざけ、ひとりで語り、ときどき長安のある方の空をながめては、涙ぐんでいた。それから張勝を呼んだ。


たしかに劉邦をたすけた英傑たちはつぎつぎに討たれていった。黥布《げいふ》もそのひとりである。

かれも彭越の屍体が盛られた器をみて叛逆を決意した。その黥布を討伐した劉邦は、臣下の樊噲《はんかい》に命じて陳豨を攻撃させ、ついに陳豨を斬った。そのとき降伏した副将が、盧綰の謀叛《むほん》を告げた。

「まさか、あやつにかぎって――」

と、劉邦は笑ったが、その笑いが暗くなった。かれは念のため、審食其《しんいき》と趙堯《ちょうぎょう》の二人を燕に遣《や》った。

「盧綰は病気だということだが、わしが会いたがっているとつたえよ」

この内命をうけた二人は盧綰に面会しようとしたが、罹病《りへい》を口実にことわられた。側近たちに話をきこうとしても、姿をあらわさない者が多く、面語した者たちは遁《とん》辞《じ》をかまえてばかりいる。

復命した審食其は、

「燕には怪事が多く、断定はできませんが、おそらく燕王の心は長城の内にはないかとおもわれます」

と、言上した。

——盧綰め、匈奴と通じているのか。

いつもなら怒鳴りちらす劉邦は、このときは黙ったまま目を光らせただけであった。その目の光は異様で、人間ばなれがしており、あえていえば獣の目の光のようであった。

やがて、盧綰の謀叛が確実になった。

匈奴から降った者が、盧綰の臣下の張勝が匈奴のなかにいて、燕のためにはたらいていると語ったからである。

「盧綰、はたして反《そむ》けり」

劉邦はそういった。

「樊噲」

と、猛将の名を呼んだ劉邦は、燕を攻撃させた。

——やはり、きたか。

討伐軍を遠望した盧綰は、家族と軍をしたがえ、北へ北へ退いた。首都を占拠した樊噲はあまりのてごたえのなさをいぶかった。それだけに追撃軍をいそがせることをためらった。やがて樊噲が追撃に本腰をいれようとしたとき、異変が生じた。長安から飛ぶようにやってきた周勃と陳平《ちんぺい》の二人に、樊噲は逮捕され、陳平につれ去られたのである。討伐軍の将帥《しょうすい》は周勃にかわった。

その異変を、追われる立場の盧綰は知った。かれは軍を長城の内にとどめ、異変のわけをさぐらせた。

「皇帝のやまいは篤く、樊噲を讒言《ざんげん》する者がおり、皇帝は樊噲を斬れと仰《おお》せになったようですが、陳平は樊噲を斬らずに捕らえて長安へむかったようです」

それは周勃に近い者からあたえられた情報である。

——季さんが、重病……。

盧綰は暗然とした。生まれた日がおなじなら死ぬ日もおなじだと劉邦にいわれたことをおもいだした。

「壇をつくれ」

と、盧綰は配下に命じた。その壇上で劉邦の病気が平癒《へいゆ》することを祈った。祈っているうちに、ある決意が生まれた。もしも劉邦のやまいがなおれば、みずから長安へゆき、これまでのことを詫びよう。そのためには、どうしても劉邦に生きていてもらわねばならない。

周勃も盧綰も軍をうごかさないという状態がひと月つづいた。

壇下に側近のひとりがひざまずいた。

「皇帝がおかくれになりました」

その声をきいた盧綰は壇上でくずれ、まもなく地を刺すような声で哭《な》きはじめた。臣下はいっせいに長安の方にむかって哭礼《こくれい》をおこなった。

——あとは呂后の世か。呂后にはわしの心はわかるまい。

そうおもった盧綰は、軍を北にむけ、長城を越えた。それから塞外の風に誘われるように、匈奴の地へ走り去った。

盧綰は匈奴の地にあって一年あまりのちに死んだ。

「帰りたい、帰りたい」

というのが盧綰の口ぐせであった。

かれの妻子は匈奴から逃亡し、呂后をたよって長安へ行った。が、呂后は病気中で会ってもらえず、そのうち妻も病死した。盧綰の孫は匈奴にとどまり優遇されていたが、のち漢に降伏し、亜谷《あこく》侯という小領主に任じられた。

# 石径の果て

陸賈《りくか》は白くかわいた石の径《みち》を歩いている。

汗がひたいに浮いてきた。

しばらくさがってゆくと、下のほうから風が吹きあがってきた。

「いい風だ」

と、つぶやいた陸賈は、背に負っている葛籠《つづら》に目をやった。葛籠のなかには旅行に必要な容器のほかに、書物がはいっている。その書物というのは、古記を写した木簡で、陸賈自身が旧家をたずねて写字をおこなったものである。

その旧家は碭《とう》郡の睢陽《すいよう》にあった。睢陽は春秋時代では商丘《しょうきゅう》とよばれ、宋《そう》の国の首都があった。秦《しん》によって各国が統合され、国のかわりに郡ができ、睢陽は碭郡の中心地になった。

「睢陽の旧家におもしろい書物がねむっている」

と、おしえてくれたのは友人の朱建《しゆけん》である。

「ただし――」

朱建は陸賈に注意をあたえた。

陸賈は儒学を学んでいるから儒者である。始皇帝は儒者をきらっているので、ゆるやかな衣をきてゆくと、儒者とみなされ、罪をかぶることになる。袂《たもと》のない短衣をきてゆくようにといわれた。また、旧家では古い書物を役人にみつけられると焚《や》かれるので、よほど信用している人にしかかすまいから、写字の用意をしていったほうがよいともいわれた。

睢陽の旧家では、朱建の紹介状にあたる牘《とく》をさしだした。

「わかりました。朱建さんのご友人であれば、書物をおみせしましょう。字をお写しになるのでしたら、蔵のなかでやっていただけますか」

旧家の主人はなかなか用心深かった。

その古記は経書（倫理書）の一種だが、宋の伝説をふくんでおり、めずらしいものであった。撰者名がけずりとられている。

――惜しいな。

と、陸賈はおもった。

戦国時代にはじつに多くの思想家が自説をとなえたが、その思想が記された書物は、秦の時代に役に立たぬものとして焚きすてられている。思想に自由はうしなわれた。その事実になげき、いきどおる者はすくなくない。陸賈もそのひとりであり、かれはなんとか経学を後世につたえたいと思っている。

陸賈が蔵のなかで汗をながしながら写字をおこなっている書物は、戦国のはじめころのもののようである。撰者名が人に知られたくないのは、この家の先祖が書いたか、あるいはゆかりの深い人が書いたせいであろう。

ときどき陸賈は大きなため息をついた。

——息がつまる。

と、やるせなくおもった。蔵のなかの空気のことではない。時代の空気のことである。いつまでこのように言行がしばられたような状態がつづくのか。陸賈は若いだけに昏《くら》い未来をみて、やるせなくなった。この王朝がつづくかぎり、陸賈のような儒学生は、隠者のような生活をおくらねばならない。

——それとも、儒学を棄《す》てるか。

官途に就いて昇進してゆくためには、法家《ほうか》に転じなければならない。李悝《りかい》、商鞅《しょうおう》、申不害《しんふがい》、慎到《しんとう》、韓非《かんぴ》などが法家を代表する思想家である。かれらの考えにもとづいて秦王朝は形成されたといってよい。この王朝は法令のばけものといってもさしつかえないほど、人民は法令におびえつづけている。

罪をおかせば法によって罰せられるのはあたりまえであるとはいえ、情状酌量ということがいっさいない。

——周《しゆう》王朝のころはよかった。

と、陸賈はおもう。死刑に処せられる者がいれば、その国の君主は、なんとか刑罰を軽くできないか、と三度も臣下に問う。民をあわれむきもちがそこにでているではないか。だが、秦の始皇帝はちがう。罪人を何万とつくり、かれらを酷使して、壮麗な宮殿を建てつづけている。

各郡、各県の役人たちは、王朝の罪人づくりに協力している。陸賈は自分をまげて、そのひとりにならなければ、自分の春秋は暗雲の下にありつづけることになろう。

——どちらにしても、生きにくいことだ。

写字をおえ、旧家の主人に礼をいって、帰途についた陸賈は、そんなことを考えながら、石の径の途中で眼下をみた。

——この径も、うるおいがない。

そこを歩いてゆくのは、自分の人生そのもののような気がした。

足もとにこぶしの大きさの石がある。

——これがわたしだ。

と、陸賈はおもった。この石は路傍にあって無言である。みずから動きもせず、たとえ動いたとしても、ほかの石や岩を動かせる力もなく、ただ日月の光にさらされ、風雨に打たれ、いつの日にか、人知れずくだけ散るだけであろう。

——わたしよ、動け。

陸賈はその石をつかみ、眼下に投げた。

石は岩にあたり、はねて、すぐにみえなくなった。

人の声がした。怒声である。

——こんなところに人がいたのか。

と、意外におもい、陸賈が石の落ちていったところをのぞきこんでいると、多数の人の足音がした。

径の上と下に人相のよくない男たちがあらわれた。

——盗賊だな。

と、おもったとたん、陸賈の足もとが冷《ひ》えた。

下からふてぶてしく歩いてくる男たちの中央にいる男が、どうやら首領で、竹の皮の冠をかむっていた。

「おまえか、石を投げて、わしを殺そうとしたのは」

はじめからいいがかりというものである。

陸賈は足がすくみそうになる自分を叱《しか》った。

——いのちをとられるということが、それほど恐ろしいか。

死ねば恐れも痛みもないではないか。それより、いまの世を生きているほうが、よほど恐ろしく苦痛である。

「ええいっ」

陸賈はわめき、背から葛籠をおろし、さらに帯をといて裸になった。

「さあ、なんでも、もってゆけ」

足を組み、腕も組んで、石のうえにすわった。

竹の皮の冠の男はにやにや笑いながらあごをなで、

「いい度胸をしている」

と、つぶやくと、葛籠に手をかけ、なかをのぞいた。

「なんだ、これは」

三巻の書物をとりだした。

「みればわかるだろう。もっとも、おまえにはなんの益もないものだが」

肚《はら》をすえたせいで、陸賈の口はなめらかになった。そのことばにまったく反応をしめさず、紐をほどいて書物の内容に目を落とした首領は、すぐに書物を巻きもどして葛籠にいれ、

「儒者か。昔も今も、儒者はきれいごとをならべるだけで、なんの役にも立たぬ。おまえもそのひとりだな」

と、腐ったものを口にふくんだような顔つきでいった。

「それほど世の役に立ちたいのなら、いまから法家の書物を読み、盗賊をやめて、首斬り役人にでもなるのだな」

陸賈の舌からするどいことばが飛び出した。

首領はまたにやにや笑った。

「なるほど、儒者は急病には効かぬ薬のようなものだが、毒よりはましだ」

そういう首領の口に毒があった。

「盗賊に、儒学のよさがわかろうか」

「わからぬな」

「わかってたまるか」

陸賈は憤然と横をむいた。

「儒者にしては血の気が多いな。口数も多い。そのぶんだと、やがて役人に目をつけられ、刑場におくられるぞ。用心することだ」

「放っておいてもらおう」

横をむいたまま舌鋒におとろえをみせぬ陸賈をじっとみた首領は、ふとふりむき、配下のひとりにむかって、

「放っておけというから、放っておいてやろう。おい、盧綰《ろわん》、ゆくぞ」

と、声をかけ、さっさと歩きはじめた。

よびかけられた男は、首領に小声でなにかを訊《き》いたようであるが、首領は自分の腹のあたりをたたき、やがて高笑いを放って、その姿を岩かげに消した。

配下も陸賈の視界から消えた。

――たすかった。

と、おもったとき、陸賈のからだじゅうから汗が噴きでた。

六《りく》県に帰り着いてから、さっそくそのことを朱建に話すと、

「その者は、やむをえず盗賊になったにちがいない。わしの知人で黥布《げいふ》という者がいる。この者も、どうやら驪山《りざん》から脱出し、江水《こうすい》のほとりで盗《とう》をおこなっているらしい」

と、低い声でいった。

驪山は帝都の咸陽《かんよう》の東南方にある山で、酈山とも麗山とも書かれるが、そこに巨大な帝王陵が造営されつづけていた。その造営は始皇帝が秦王として即位してまもなく開始され、それから三十六年がたったこの年でも、まだ完成されないという、空前絶後の規模をもった帝王陵である。それはいわば始皇帝が死後に住むための宮殿である。

一昨年、全国から受刑者が帝都の近くに集められた。その数は七十万人であったといわれる。それら受刑者は宮殿づくりに使われたのだが、黥布は驪山へやらされた。

黥はいれずみの刑のことである。

秦王朝の刑は酷烈である。

儒家の詩書について論じ合う者がいれば、死刑にして屍体を市中にさらした。古代の例を引いて現代を非難する者がいれば、一族をみな殺しにした。儒家の詩書ばかりでなく諸子百家の書を焚かずにかくし持っている者を、黥刑《げいけい》に処した。黥刑に処せられた者は毎日築城の役《えき》にしたがわねばならない。

朱建の知人の英布《えいふ》は、家に書物があったのに、そのままにしておいたところ、密告され、ひたいにいれずみをされた。それからのかれは、英布とはよばれず、黥布とよばれるようになった。

「そのことを黥布は喜んでいたのだから、変な男よ」

と、朱建は苦笑をまじえていった。

「ほう――」

陸賈ははじめて名をきいた黥布に多少の興味をいだいた。

――氏が英であれば、姓は偃《えん》か。

と、故事にくわしい陸賈はおもった。春秋時代のはじめまで、六の西方に英という国があった。この国は楚《そ》によって滅ぼされたのであるが、その公室の姓は偃であるといわれる。黥布の氏が英であるからには、かれの祖先は英の公子のひとりであるかもしれない。

「黥布が若いころに、旅人に人相をうらなってもらった。すると、刑罰をうけるが、王になるだろう、といわれた。黥布は自慢げにそんなことをいっていた」

と、朱建がいったので、陸賈の胸のなかがさわさわと音をたててさわぎはじめた。

「なるほど、黥刑という刑罰をうけた」

「それを黥布はまた自慢したので、かれを笑い物にするが、とりあう者はいない」

「ふむ」

陸賈は腕を組んだ。


予言がすべてあたるとはかぎらない。

朱建の話によると、黥布はむこうみずで、つねに自分のいさましさを誇るというといやなさわがしさをもっているが、人のめんどうをよくみることと私欲がうすいことなど美点もある。だいいち朱建という清廉《せいれん》な男となんらかのまじわりがあるということ自体、黥布のよさと考えねばならない。

「いや、あの男は、みかけとはちがい、陰気で気の小さい男よ」

と、朱建はいう。

それなら黥布は外面と内面がかけはなれた男である。そういう男が王になるとはどういうことであろう。

「朱建、王とは、ただごとではない」

陸賈は意中をかくさずにいった。

いまの世に王はいない。秦王政《せい》が始皇帝を称《とな》えるまえには、各大国の君主は王であった。その王をことごとく攻め滅ぼした始皇帝は、王の王となり、皇帝という称号を創《つく》ることによって、王という称号はこの世からかき消えた。ところがである。黥布という一庶民が、歴史に置き去りにされた王という冠をかぶって未来にあらわれるという。それは秦の制度が変わるということであろうか。それとも皇帝が消滅するのであろうか。

「ふたたび戦国の世がくる」

朱建はそういった。かれは黥布の自慢と誇大妄想を笑わなかったひとりである。

「戦国の世か……」

その未来図は、学生である陸賈にとって、けっして明るいものではない。各国がせめぎあっている世では、学問はかえりみられない。

「黥布が王では、陸賈よ、なんじの登用は夢裏《むり》にもないかもしれぬ」

朱建のいう通りであろう。

自宅に帰った陸賈は、

――やるせない。

と、おもい、葛籠をなげだして横になった。古びた梁《はり》をながめているうちに、涙がでてきた。なにゆえこんな世に生まれたのか。どんなに学問にうちこんでも、政府ににらまれるだけである。その政府の力が弱まり、戦国時代が再来しても、人々から無視されるだけであろう。

「天下に道なきときは、身をもって道に殉《したが》わしむ、か」

陸賈はいつのまにか孟子《もうし》のことばを口にしていた。他人はどうあれ、自分が正しいと信じた倫理に殉ずるほかない。それには勇気がいる。つらくてむくいられない勇気であろう。だが、孔子《こうし》も孟子も、その道をつらぬいたのだ。そのふたりの聖人にくらべて、自分はなにをしたというのか。

――泣き言をいうまえに、努力せよ。

陸賈は自分を叱った。ほんとうに嘆くことは、孔子や孟子とおなじほどの努力をした者にゆるされることだ。陸賈はおのれを恥じ、気をとりなおして、書物にむかった。

一か月ほどたつと、朱建が、かれにしてはめずらしいあわただしさをみせて、陸賈の家をおとずれた。すぐに膝をつきあわせて、

「始皇帝が亡くなったようだ」

と、肚に力をこめたような声でいった。

この年、始皇帝は大旅行をおこなった。十月に咸陽を発した始皇帝は、はるばると南下し、長江を渡り、会稽《かいけい》郡の銭塘《せんとう》にいたり、さらに浙江《せっこう》を渡って会稽山にのぼった。そこから海岸にそって北上し、山東半島の先端近くにある之罘《しふ》山にゆき、なおも海岸にそって西行し、ようやく帰途についたのが夏のおわりであった。平原《へいげん》という津《みなと》から黄河を渡ろうとしたのであるが、そこで病を得た。気分のすぐれぬまま西行し、沙丘《さきゅう》にある平台という宮殿で崩じた。

秋の風がはこんできたうわさである。

秦の暦は一年のはじめを十月においている。したがって、始皇帝崩御《ほうぎょ》のうわさを朱建が語《つ》げにきた九月というのは、年末ということになる。

「そうか」

と、いった陸賈は、胸の底でかすかな躍動をおぼえた。

――なにかが変わる。

そんな予感をおぼえた。変わらないより変わったほうがよい。

「戦国の世にもどるか」

陸賈は朱建をみつめた。朱建はいろいろなことを考えはじめたという複雑さを目

の色にみせている。朱建は処士である。官途にのぼらず、しかし市井の隠者というわけではなく、

「この男は――」

と、みこんだ者には、すすんで友誼《ゆうぎ》をもとめるところがある。そういう生き方は陸賈にとってわからぬものではないが、

――暮らしの財源はどこにあるのか。

と、考えると、ふしぎな感じがする。朱建は陸賈のように親の遺産をくいつぶしているわけではないらしい。それだけに世情に敏感である。智慧《ちえ》のだしかたも陸賈とはちがい、内にこもらず、外にむかって放たれる強さと明るさとがある。体験によって汲みとり、からだがおぼえた智慧ということであろう。それにくらべ陸賈は書物の世界にだけ生きてきたので、その智慧は地に足がついていないといえる。

――腐れ儒者とはよくいったものだ。

儒者はみずからの学識の広さを誇るものの、その学識を世の役に立てるすべを知らず、おのれのなかにたくわえるだけたくわえて、けっきょく腐らせてしまう。

――わたしもそうなるのか。

陸賈は朱建をみていると自信を失いそうになる。

「異変があったら、また報せにくる」

と、いって、朱建は帰った。

異変はなかった。

始皇帝が崩じて、二世皇帝が即位し、その皇帝は父のまねをして大旅行をおこなった。この旅行はすさまじい。はじめに碣石山《けっせき》へ行った。この山は遼西郡にあったといわれる。その東に遼東郡があり、その先は朝鮮なのである。二世皇帝は碣石山から南下し、会稽山まで行っている。それからが理解にくるしむところであるが、会稽山からふたたび北上し、ついに遼東をめぐったらしいのである。この大旅行は春におこなわれ、皇帝は四月には咸陽に帰還している。往復の距離は長大であるわりに、旅行期間がみじかいのが謎である。

咸陽に帰った皇帝は、始皇帝がやりとげなかった帝王陵づくりを再開させた。天下の粟《ぞく》は中央に集められ、咸陽から三百里以内の庶民は自分で植えた穀物を食べることを禁じられた。

「始皇帝のころより、ひどくなった」

陸賈のもとに顔をみせた朱建は暗い嘆きを口にした。

七月である。

この月に中国の歴史は秦王朝からはなれはじめる。

朱建が飛び込んできた。

「叛乱がおこった。これは大きいぞ」

と、陸賈に語げた。叛乱の首謀者は陳勝《ちんしよう》で、叛乱が勃発した地は蘄《き》県であるという。

「蘄県というと泗《し》水《すい》郡だな。ここからそう遠くない」

と、陸賈がいったように、ふたりがいる六県は九江《きゆうこう》郡にあり、その北隣が泗水郡なのである。陸賈が碭郡の睢陽にある旧家の書物を写しに行ったとき、蘄県の近くを通ったのである。

「叛乱軍は陳《ちん》へむかったらしい。その後のことがわかったら、またくる」

と、いいおいて、朱建は風のごとく去った。

――叛乱か。

どうせすぐに鎮圧される、と陸賈は自分の胸さわぎをあえておさえるようなことをおもった。

が、陳勝がおこした叛乱は、巨大な怪物に化そうとしていた。地をおおっている大気がふるえはじめた。六県に住む人々がさわぎはじめたのである。うわさが飛び交っている。

ひと月がすぎても朱建はあらわれない。

——どうしたのか。

書物をひらいていても、気がそぞろで、家の外にでた。ゆくあてはないが、いつのまにか足は朱建の家のほうにむかっていた。

朱建の家はしまっていた。

むなしく帰宅した陸賈は、朱建からの情報を待っている自分にいらだちをおぼえはじめた。家の外にでて歩いて帰ってきただけであるのに、かつて感じたことのない異様さを痛感した。人々は予感におびえている。地上に立っているものを焼きつくすような火をふらせる戦雲が襲来するかもしれない。人々の予感とはそれであり、陸賈自身も、

——その叛乱を軽くみすぎていたか。

と、胸がふるえるような感じをいだいた。

翌日から陸賈は人の集まりそうなところへでかけてゆき、みずから情報を採取した。

わさがある。陳勝の兵は諸県を侵してすすみ、陳に到着し、そこで陳勝が王になったというう

「王になった」

陸賈はくりかえしつぶやいた。心身に衝撃がかけめぐっている。それが事実であれば、ふたたびこの世に王があらわれたことになる。

――そもそも陳勝とは何者であるか。

陸賈は耳を澄ましつづけた。

やがて、およそのことがわかった。陳勝の出身は河南であるらしい。より正確には陽城《ようじょう》の人であるが、陸賈にはそこまでわからない。陳勝の身分はといえば、まったくの庶人である。日傭いの労働者だという者もいる。

そんな男がたったいちどの叛乱で王になった。陳勝がかってに王を称しているにすぎないことは、たやすくわかるが、陳を本拠とした王朝がひらかれつつあることも事実であるらしい。

「なんでも、その新しい国は張楚《ちょうそ》というのだそうだ」

この話は陸賈に心のはずみを産んだ。

張というのは、弓の弦を大きくひくことである。張楚というのは、張大な楚とい

うことであろう。陸賈が住んでいる六県も、むかしの国号でいえば、楚のなかにある。楚人《そひと》としては陳勝の樹《た》てた国に大いに惹《ひ》かれた。

数日後に、近所がさわがしくなった。

「陳王の軍が南下してくるらしい」

「県令が逃げだしたそうだ」

「この郡の南部で、叛乱が続発しているとのことだ」

住人たちは路傍に集まって声高にしゃべっている。その声の大きさは、秦の役人の圧力が弱まったことをしめしている。

――張楚の軍が南下してくるのか。

かきあつめたうわさを陸賈なりに分析してみると、挙兵した陳勝は西へ進み、配下をつかって山東の地を征し、さらに河北へ勢いを伸ばそうとしている。南方の平定はあとまわしにしたところがある。陳勝が南方を軽視しているのなら、軍を率いてくる将はたいした人物ではあるまい。すると兵を統率できないことも考えられるから、このあたりも大いに荒らされるかもしれない。

――さて、わたしはどうする。

腕を組みながら自宅のまえに立ったとき、うしろから肩をたたかれた。ふりかえった陸賈は、正直にいってほっとした。

朱建であった。

「なかで話をしているひまはない。陸賈、ここにいると張楚の兵に牛馬のごとく酷使され、死ぬことになるぞ。わしについてこい。明朝、わしの家にこい。鄱陽《はよう》へゆこう」

それだけいうと、朱建は姿を消した。

鄱陽も九江郡のなかにある。六県から南へゆき、江水（長江）を渡ってしばらく南下すれば着ける。

――鄱陽に黥布がいるのであろう。

なぜかそんな気がした。

定職をもたなかった陳勝でも王になれるのなら、黥布が王になるという占いも、あるいはあたるかもしれない。陸賈のような楚人からすると、河南出身の陳勝より、淮水《わいすい》より南の出身の黥布のほうが親しみがもてる。ただし、黥布が盗賊まがいのことをやっていたことが気にかかる。

翌朝、朱建の家に旅装でゆくと、

「おお、きたか」

と、いう声がきこえたが、朱建は遠いところにいた。家のなかは人でみちている。朱建に同情する者というより、随従する者というふんいきがあった。

――こんな小集団でも、もう身分のようなものができている。

組織というものは上下ができなければ機能をはたさないことはわかるが、昨日まででおなじ地表を歩いていた朱建が、今日はうってかわって数段の高みにいて、上から命令をくだしていることに、陸賈はかすかにいやな感じをおぼえた。が、朱建という男もなみの感覚をもっているわけではなく、陸賈のどこを買ったのか、

――この者は、わしの賓客である。

という態度で陸賈に接したので、朱建の配下の者は、陸賈に敬意の目をむけた。

――人の心を撫《と》るとは、こういうことか。

陸賈はあらためて朱建の器量の大きさと深さとに感心した。

この小集団は、六県をすばやくでると、そうとうな速さで、鄱陽にむかった。ちなみに鄱陽は番陽とも書かれる。道中で、

「鄱陽に、黥布がいるのか」

と、陸賈は朱建に訊いた。朱建は目で笑い、

「察しがいいな。たしかに黥布がいる。が、鄱陽にいるのは黥布ばかりではない。

大人物がいる」

　と、はぎれのよい口調でいった。

　朱建のいう大人物とは、
　呉芮《ごぜい》
のことである。かれは鄱陽の県令である。まもなく鄱君《はくん》（番君）とよばれることになる人である。

「南方もさわがしくなったが、あのあたりは、呉芮がいるかぎり、びくともしない」

　と、朱建はいった。

「叛乱を鎮圧するということか」

「いや、呉芮は秦の県令だが、すでに黥布と誼《よしみ》を通じている。というより黥布を大いに気にいって、娘をあたえたから、かれは黥布の舅《しゅうと》ということになる」

　呉芮は県令の身分のまま秦王朝にそむいたようである。

「泣く子も黙る呉芮のようだな」

　陸賈がそういうと、朱建は目で微笑した。

鄱陽に近づくとなんとなく空気がちがう。大気のことではない。戦塵がただよっているという感じである。陸賈ははじめて戦乱というものを肌で感じた。

兵が突然あらわれた。この集団の頭が朱建だとわかると、かれらは武器をおさめた。

鄱陽にはいると、ここはすでに戦闘のための城と化していた。陸賈にあたえられた宿舎は朱建が私的につかっている建物の一部であるらしい。かれには多数の配下がいて、

「わしの客だ」

という朱建の声が舎内にひびくと、陸賈は鄭重にあつかわれた。

二、三日たつと朱建が黥布を佐《たす》ける副将であることがわかった。

――なるほど、そういうことか。

と、陸賈なりに考えた。陳勝の叛乱を江水のほとりできいた黥布は、盗賊団を率いて、盛名のある呉芮のもとに身を寄せた。呉芮は県令でおさまるような小さな器量の持ち主ではないので、叛乱の成否をみさだめつつ、黥布をつかって、南方の広域をおさえにかかっている。黥布にすると武力には自信があるが、戦略をたてる者がいないことに気づき、いそぎ朱建を招き、帷幄《いあく》にくわえたというわけであろう。

呉芮の大胆な企画が実現するもしないも、陳勝の樹てた政府がゆるぎないものになることにかかっている。そのため朱建は北方のようすをさぐり、ひきかえす途中で六県に立ち寄った。

陸賈は頭のなかでそのようにまとめてみた。

朱建がもたらした情報をもとに、これからどう出るかを指導者たちは検討しているのであろう。

——兵を北に出すしかあるまい。

と、陸賈はおもった。呉芮がつくった国を認めてもらうのに、秦王朝へでかけるはずはない。陳勝の王朝に認定してもらうのであるから、陳勝をたすける兵を出さざるをえない。呉芮が頭を痛めているのは、南方平定に黥布をつかうか、北方への遠征軍を黥布にまかせるか、というところであろう。

気がつくと、九月である。

——たいへんな年末になった。

と、陸賈がおもっていると、めずらしく朱建が顔をみせた。

「どうやら、閩中《びんちゅう》も会稽も、大揺れらしい」

と、朱建は荒い語気でいった。

九江郡はじつに多くの郡に接している。

北は陳郡、泗水郡、東海郡、東は会稽郡、閩中郡、西は衡山《こうざん》郡、南郡、長沙《ちょうさ》郡、南は南海郡といった諸郡にとりかこまれている。

朱建にとどいた情報はどの程度のものであったろうか。

閩中郡には春秋時代の覇者のひとりである越《えつ》王勾践《こうせん》の末裔にあたる騶無《すうむ》諸《しょ》と騶揺《すうよう》が生きていて、すでに挙兵し、郡内を制圧しつつあった。

会稽郡は、この叛乱を、中国にすむ人々の数を半減させるほどの大戦争に発展させるに大きな要因をなした人物が、そこで立ったことで、有名になった郡である。

その人物こそ、項羽《こうう》である。

県の長官を令というのにたいして、郡の長官を守《しゅ》という。会稽郡の守は殷通《いんとう》であったが、項羽は季父《おじ》の項梁《こうりょう》とともに、殷通を斬って、守の印綬をうばい、郡内の諸県を従えはじめたのが、この九月である。

むろん陸賈も朱建もまだ項羽や項梁の名を知らない。

「北へ出師《すいし》するのだろう」

陸賈がそういうと、

「北は張楚の兵でおさめ、南はこちらがおさめたいのだが、はたしてそううまくいくか。とにかく他郡の動向をみきわめたい」

と、朱建はいい、すぐに部屋をでていった。

――わたしはこの舎の留守《りゅうしゅ》というわけか。

陸賈は無聊《ぶりょう》をおぼえた。

が、その無聊はながくつづかなかった。

閩中郡で立った騶無諸と騶揺は、越王勾践の末裔であることから、郡内での人気が高く、またたくまに郡内の諸県を従え、そのあと二人は相談し、呉芮のもとに帰属することにきめた。このことは自分たちの叛乱を正当化してくれる権威を呉芮を通じて陳勝にもとめようとしたと解してよいであろう。同時に、長江より南では、いかに呉芮の名が高かったかを、その事実はおしえてくれている。

呉芮は九江郡の南部と閩中郡をおさえたので、黥布に兵をあたえ、

「北部を鎮めよ」

と、命じた。鎮めるといえばきこえはよいが、郡の北部にはいった陳勝の軍を追い払って、自領にするということである。

「陳勝と争うことになりますが」

と、いった将はあるであろう。

「なに、やりかたはある」

と、いって、呉芮が黥布にさずけた策というのは、正面から陳勝の軍にあたらずに、北部の者をけしかけて、将軍を暗殺させ、その動揺を鎮めると広言して北部に兵をいれるということである。盗賊の首領であった黥布であるから、それくらいのことはたやすくできるであろう。

「そういうことになった。わしは黥布を佐けなければならぬ」

朱建は将の一人として出陣する。

「みなまでいうな。わしもゆく」

陸賈は甲《よろい》を着た。

黥布を将軍としたこの兵団は鄱陽を発した。すでに年はあらたまっている。江水までの行軍は速かったが、江水をこえると郡の北部になるので、ここからは慎重な歩みになった。

朱建は小部隊を率いて先行し、情報を集めた。

陸賈はその手足となった。

盗賊団が横行している。が、陳勝の兵はいない。

陸賈は朱建に報告した。朱建のもとに集まってくる情報は、ほぼおなじであった。

「鄧宗《とうそう》は引き揚げたらしい」

と、朱建は意外のおももちで左右にいい、そのことを本陣の黥布に報せたあと、さらに部隊を北にすすませた。鄧宗は陳勝からつかわされ、九江郡を鎮撫にきた将軍である。

朱建からの報せに接した黥布は、からだをゆすって笑い、

「これでなんの気がねもいらぬ。このあたりでたてこもっている諸豪族と盗賊を、撫で斬ってやるわい」

と、いい、実際活発に軍をうごかした。

黥布のゆくところ嵐気が生じたごとく、たてつく兵を天空に舞わすほどの勢いで、九江郡の北部を平定した。諸豪族はなだれをうって黥布に帰属した。

「さて——」

と、黥布が諸将を集めたとき、陸賈は朱建にしたがって、その会合にでた。そのとき朱建は陸賈の名を黥布の耳にいれた。陸賈も黥布をみるのは、それがはじめてであった。

黥布はてらてらと光る面皮に、よく光る巨眼をもっており、なるほどこの男が怒れば草木も根こそぎ飛びそうな面がまえである。

——戦乱の世が産む面相にふさわしい。

と、陸賈はみた。が、黥布の目にうつった陸賈は、細いからだにやさしげな面貌をつけた、いうなれば戦いにはなんの役にもたたぬ男であった。

「儒者だと」

と、つぶやいた黥布は、虫けらをみるような目つきで、陸賈をみた。その感情がすぐさま陸賈につたわってきた。

——わたしはこの男には仕えぬ。

と、陸賈はきめた。


九江郡を平定すれば、黥布の任務はおわりである。

が、ひとつの風聞が、黥布を中原《ちゅうげん》へさそった。

「陳王の軍が秦軍に大敗し、陳王は汝陰《じょいん》に引いた」

という風聞である。

「汝陰といえば——」

と、黥布は大口をあけた。黥布は九江郡の最北端を流れている淮水のほとりにおり、淮水を渡って、わずかに北上すれば陳郡の南部に位置する汝陰につける。陳勝がそこにいるのであれば、かれに助力するついでに拝謁して、呉芮が平定した地を呉芮の領地としてみとめてもらうことはたやすい。軍をすすめて淮水を渡ることについて、

「鄱君の認可が要るのではないか」

という将がいたが、

「そんなゆとりがあるか」

と、黥布は一喝し、すぐさま全軍に布告した。

「陳王を援《たす》ける」

その号令のもとに、この軍は北上を開始した。淮水を渡ると、張楚の敗兵にであった。やがて陳勝の使者らしき男が黥布のもとをおとずれ、

「陳王は下城父《かじょうほ》にゆかれました。なにとぞ九江の兵で秦軍を扞《ふせ》ぎ、陳王を奉賛なさいませ」

と、いった。

「下城父か」

破竹の勢いの黥布はこともなげに軍の方向を右にかえた。情報を蒐集している朱建は、秦軍を率いている章邯《しょうかん》という将がただものではないと気づき、黥布に忠告し

だが、

「章邯が白起《はくき》や蒙恬《もうてん》にまさろうか」

と、一笑に付した。白起や蒙恬は秦の名将である。

下城父は陳郡のとなりの泗水郡の西部にある邑《まち》である。黥布はその近くまで軍をすすめた。しかし張楚の軍も秦軍もみあたらない。やがて朱建が幕営にあらわれ、

「陳王が殺されたといううわさがある。秦軍はここをすぎて、東北へむかったようだ」

と、諸将にしらせた。

黥布をはじめ幕営のなかにいる者の顔がいっせいにくもった。

陳王がいなくなれば革命の主導者が消えたわけで、黥布の遠征も虚空をつかむだけのものとなる。

「章邯が陳王を殺したのか」

「おそらく」

と、朱建はこたえた。確証があるわけではない。あとになってわかったことであるが、陳勝は下城父において配下の荘賈《そうか》によって殺された。陳勝は碭県に葬られ、のち、漢の時代には、その塚《はか》を守るために三十家がおかれ、祀られつづけた。陳勝

が立たなければ秦王朝を滅亡させることができなかったという理由で、漢王室は敬意をささげたのである。

——章邯とはそれほどの将軍か。

はじめて黥布は秦軍を警戒する色をみせた。

「さて、これからだが……」

と、いった黥布の表情に冴えがうしなわれつつある。陳勝を助けるために北上してきた軍である。陳勝が死んでしまえば、九江郡に帰るしかない。それでよいか、と黥布は諸将に問うた。

「陳王がむざむざ殺されるであろうか」

と、いった将がいる。朱建がもってきた報せはうわさの域をでていない。いま陳王は逃走中で、陣をたてなおすのにふさわしい拠地をみつければ、そこからふたたび革命の号令をくだすのではないか。そのとき九江郡にいたのでは、まにあわない。

「そうか。陳王の生死をたしかめねばならぬ。軍の進退をきめるのは、それからだ」

黥布は軍をゆっくり動かして、陳勝のゆくえをさぐらせた。陳勝の朝廷があったのは、陳であるから、陳勝はそこを奪回するために、下城父から西へむかったと考えるのが妥当であるので、黥布の軍も西へむかった。

やがて敗兵を目撃した。

青帽をかぶった兵である。むろん秦兵ではない。

陸賈はその敗兵を誰何《すいか》した。

「蒼頭軍《そうとう》の者です」

と、兵はいった。

「蒼頭軍とは――」

「陳王の下にいた呂《りょ》将軍の軍です。あなたがたは、どこの兵です」

「われらは陳王の号令にしたがわんとして、九江より発した英将軍の兵である」

陸賈がそういうと、その兵は大いに喜び、

「じつは呂将軍が近くにひそんでおられる。英将軍におつたえくださらぬか」

と、いったので、陸賈はその兵を朱建のもとにつれていった。朱建が黥布に一報をいれると、すぐさま黥布は呂将軍に使者を立てた。

呂将軍とは陳勝の侍者であった呂臣《りょしん》のことである。呂臣と黥布が野において会見することになった。呂臣も陳勝の消息を気にしていた。かれは陳勝を殺した荘賈をすでに誅殺《ちゅうさつ》しているので、陳勝の死についてはほかのたれよりも知っていたといえ

るが、この会見の席では、

「陳王のゆくえが気がかりです」

と、いうにとどめた。呂臣は下城父と陳との中間に位置する新陽《しんよう》で蒼頭軍を編成し、陳を急襲して、革命軍にとっての本拠地を奪回したが、再度秦軍に攻められて、逃亡した。その秦軍を率いているのは章邯ではない。

「よろしい。われらが助力するから、陳を攻め取りましょう」

黥布は呂臣の尻をたたくようにいい、軍議にはいった。


陸賈は戦った。

かれの生涯をみわたして、戈《か》を手にして必死に敵兵に撃ちかかったのは、このときだけであったといってよい。

その戦場というのは、清波《せいは》とよばれる地で、陳郡の南部にあり、汝水《じょすい》という川のほとりであった。

黥布と呂臣の連合軍は、南にまわりこんで、陳を攻める作戦をたてた。それにたいして秦軍は、陳に滞陣していたわけではなく、陳郡の南部を制圧しようと南下をはじめており、たまたま両軍は清波で遭った。

秦軍は蒼頭軍を破っており、また黥布という将軍が未知であったところから、多少敵を甘くみたところがある。

黥布が歴史に名をのこす猛将であることがわかったのは、この清波の戦いからであろう。

九江の兵はまだいちども敗戦を経験していない。秦にたいする憎しみもある。兵気をするどくみがいて、秦軍に襲いかかった。

——これが秦兵か。

長身の兵をみたとき、陸賈は狂ったようにわめいた。一対一であれば、かれは一撃で斃《たお》されるであろう。体格がちがいすぎる。しかし黥布の兵のほうが多い。気力でも秦軍を圧倒した。

戦いがおわってみれば、陸賈がふるった戈は、ひとりの首級も獲《と》れなかった。

異常な疲れをおぼえただけである。

——わたしは人を殺すために生まれてきたわけではない。

いまさらながら陸賈は痛感した。

学問は人を生かすためのものだ。そう心の闇のなかでいってみて、ふと笑った。

自分がこの戦いで死ななかったのは、学問のせいではあるまいか。学問が自分を殺さなかった。自分がおこなった学問が世に役立つまで、自分は生かしてもらえるのではないか。

陸賈は陳へむかって歩きながら、そんなことを考えた。

空《から》同然の陳を黥布と呂臣はたやすくおさえた。

「これで陳王の怨みをはらした」

と、呂臣がいったので、ようやく黥布は陳勝の死がたしかであるらしいと気づき、

「章邯を殺さねば、怨みをはらしたとはいえまい」

と、いい、章邯を追って東方へ軍を動かすことを主張した。このまま陳にいても孤立するばかりであり、叛乱を多発させている東方へ移り、それらの勢力をまとめ、陳勝の遺志をはたすべきではないか。そういった黥布はかなり気が大きくなっている。

——王になる道はひらきつつある。

無敵のかれはそれを実感した。

呂臣にも野心はある。

革命を主導してきた陳勝が斃れたいま、つぎの主導者が自分であってもおかしくない。そのためには黥布の軍を利用しようと考えた。

　二人はそれぞれにおもわくをいだいて軍を東へすすめたが、歴史の新生面をひらきつつある者が、すでに東方に出現していた。会稽郡の呉《ご》で挙兵し、江水を渡り、東陽《とうよう》の陳嬰《ちんえい》とむすんで、その兵をあわせて、さらに北上し、ついに淮水を渡って敵対する者をまたたくまに撃破するという旭日昇天の勢いをしめした軍を率いていたのが、項梁である。

　項梁は楚王を立て、楚の王国をつくり、自身は武《ぶ》信君《しんくん》と号して、その王国の実質的な運営者におさまり、楚軍と王朝とをきりはなし、かれは楚軍を一手ににぎって、薛《せつ》というところで指揮をおこなっていた。

　黥布と呂臣は東へすすむにしたがって、項梁にしたがうほうがまちがいがすくないという認識を深め、薛へむかったのである。

　薛は戦国時代に孟嘗君《もうしょうくん》の領地として有名になったところである。薛郡が南隣の泗水郡に境を接するあたりにある県で、そこがこの急造の王国の副都といってよかった。薛は郡名と県名とがあるが、九江軍と蒼頭軍がはいっていったのは、むろん薛郡の薛県である。

　薛にはほかの軍もきていた。

　項梁が諸将を集めて会合をおこなう日に、陸賈は朱建にしたがって会合の場所の近くまでゆき、そこで会合がおわるのを待つことにした。

陸賈はぼんやりと空をみていた。

薛に着くまで、どれほど歩いたであろうか。歩けば歩くほどむなしくなった。

古来、他国を侵略する軍は、略奪や強姦はあたりまえになっており、黥布の軍もその例にもれず、前途にある集落を襲い、食糧を強奪し婦女を犯した。そのすさまじさに戦慄したのは、わずかのあいだで、すぐになれた。

胸のふくらみも小さく、腰の細い少女が、何人もの兵のしたになり、泣くのをやめ、うつろな目つきをしはじめる。そのちかくで、水をのみ、食をくちにいれている自分が、陸賈は信じがたかった。

――この軍にはいたくない。

心のどこかでそれをのぞんでいるのだが、ほかの軍に知人はおらず、またほかの軍が黥布の軍よりよいとはかぎらない。

――これが革命か。

笑わせるな、とつぶやいてみた。が、秦王朝の酷法の時代にもどるのもごめんだとおもえば、そのつぶやきに力はなく、おのれというものを失いかけた。

そのとき――。

頭のうしろに痛みをおぼえた。小石が足もとではねた。

たれかが小石をぶつけたらしい。

慍《むっ》と色をなして陸賈は立ちあがり、ふりむいた。

そこに竹の皮の冠をかむった男が、歯をみせて立っていた。

「なにをする」

と、陸賈は怒鳴った。

「やはり、おまえか。やい、腐れ儒者、石をぶつけられたわしがおかえしをしたまでよ」

「なに――」

腹が立ったので、相手の容貌をよくみなかった陸賈は、竹の皮の冠に目をとめた。

どこかでみた冠だとおもい、その男の左右にいる男どもをみておもいだした。

「なんだ、あのときの盗賊か」

と、大きな声でいった。すると男の左にいた者が陸賈に近づき、

「無礼なことを申すな。こちらは沛《はい》公さまである」

と、叱《しか》るようにいった。

陸賈はいま自分をたしなめている男が、盧綰とよばれていたこともおもいだした。

――沛公……、この男が。

陸賈はあらためて竹の皮の冠の男をみつめた。沛公という名は知っている。薛からさほど遠くない沛県で挙兵し、小さな叛乱軍の首魁《しゅかい》におさまっている男である。

沛公は盧綰をおしのけて陸賈に近寄り、

「血の気があいかわらず多そうだな。ところで、どうだ、わしの下にこないか。わしはおまえのような腐れ儒者には、戈をもたせぬよ」

と、肩を抱いていった。

――腐れ儒者はやめてもらいたい。

そういいかえしてやろうと陸賈がおもったとき、自分の肩にまわしている沛公の腕がゆれているのに気づいた。笑っているらしい。腕からあたたかさがつたわってきた。鄗陽からここまで、いちども感じたことのないあたたかさであった。

――死ぬか、この男とともに。

一瞬、陸賈の胸をよぎっていったことばはそれであった。

占いでは黥布は王になるという。黥布に心服できなくても、黥布の下にいれば死なずにすみそうである。が、沛公には呉芮のような強力なうしろだてはありそうになく、その軍はかきあつめた弱兵ばかりでできているようである。

——それでも、仕えるのなら、この男のほうがよい。

陸賈は魅入られたようにうなずいた。

このときから陸賈は武器をすてた。沛公は戦いというものが武力だけで決するわけではないということを、おそらくかれの尊敬する魏《ぎ》公子の信陵君《しんりょうくん》が食客を三千人もかかえていて、その食客が信陵君をたすけ、名声を高めたという故事からまなんでいたにちがいない。故事といったが沛公が若いころ、信陵君はまだ生きていたのである。

陸賈は沛公の食客になったようなものであった。

もちろん、ここまでなにかと目をかけてくれた朱建にはことわりをいれた。

「そうか。沛公のもとに往くのか。そのほうがよいかもしれぬ」

と、朱建はしめりのない口調でいった。かれ自身は黥布とのつきあいにおいて、ぬきさしならないところにきている。が、黥布に心酔しているようでもない。朱建には陸賈と質のちがう恬淡《てんたん》さがあり、それがそういういいかたをさせたともいえる。

とにかく陸賈は沛公に属《つ》いた。

いうまでもなく沛公とは劉邦《りゅうほう》である。こののち劉邦が漢王となり、天下を制し、漢王朝の高祖になろうとは、陸賈は予想しなかったであろう。

陸賈にできたことといえば、武力で敵をたおすことではなく、口舌によって敵を味方に変えることであった。いわば外交によって劉邦をたすけたのである。

ただし陸賈の教養の根幹にあるのは儒学であるから、戦国時代に活躍した蘇秦《そしん》や張儀《ちょうぎ》のように権謀術数《けんぼうじゅつすう》を弄したわけではない。

――心にもないことをいえば、かならずおのれが破滅する。

と、陸賈にはわかっており、道義と信念をもって相手を説きつづけた。それは劉邦の都合を相手におしつけるのではなく、相手の身になって、このとりとめもなく乱れた世の活路を示すことであり、相手に信用されなければ、ただちに斬られるという危険な使いをやり通した。劉邦の家族が敵の項羽に捕らえられたとき、陸賈は劉邦の使者として項羽を説得しようとしたこともある。が、それはうまくいかなかった。

陸賈が不器用というわけではなく、口先で項羽の歓心を買おうとしなかっただけである。

人質をとって相手を恫《おど》せば、天下の群雄はその卑劣さをにくみ、かえって項羽からはなれてゆくであろう。だいいち項羽が逆の立場になり、劉邦に恫されても、劉邦に屈服するであろうか。屈服しないのであれば、劉邦もおなじである。したがって益のない人質の保有はやめるべきである。

陸賈はそのように項羽を説いた。しかし項羽はうべなわなかった。

項羽が劉邦の家族を釈《ゆる》したのは、漢の側から提示した利による。

——利をとり、道をすてた者は、ほろぶ。

陸賈はそうおもった。

はたして項羽はほろんだ。

すでに九江王となっていた黥布は、項羽の死後、淮南《わいなん》王となり、九江、廬《ろ》江《こう》、衡《こう》山《ざん》、予章《よしょう》という諸郡がかれの支配地となり、往時の占いの通り、かれは王国の主になった。

——あの男が、王か。

自分を虫けらのようにみた黥布が、巨大な領地に君臨することになったと知った陸賈は、複雑な感慨にうたれたが、あえてその胸中を口にしなかった。

朱建は、といえば、黥布の王国の宰相におさまったのである。

「さて、わたしの本領は、これからだ」

陸賈はおりをみて劉邦のまえにすすみ、儒学の本教が盛られている『詩経』や

『書経』を引用し、その書物のすばらしさをほめたたえた。儒学ぎらいな劉邦は露骨にいやな顔をしたが、あるときとうとう怒りだして、

「わしは馬上で天下を取ったのだ。『詩経』や『書経』にかまっておれるか」

と、陸賈を叱りとばした。が、陸賈はひるまなかった。すぐさま仰首し、

「馬上で天下をお取りになっても、馬上で天下をお治めになれましょうか」

と、敢然といった。

この一言が、陸賈の名を永遠にしたといってよい。

劉邦は慍《むっ》とこもったような表情をした。それを恐れて、言をあらためると、

「腐れ儒者め」

と、本気で劉邦を怒らせることを知っている陸賈は、劉邦の怒気が高まるまえに、ことばをぐいぐい押すように発しつづけた。この点、陸賈は劉邦の性格の機微とおかしみとを熟知していたといえよう。

古代の聖王である湯《とう》王や武王は、叛逆者であるから、道にさからって天下を取ったものの、治めるときは道にしたがった。それにひきかえ呉王の夫差《ふさ》や晋《しん》の智伯《ちはく》は武力をもちいつづけたゆえにほろんだ。秦はどうであったか。秦は刑罰ばかりを重んじて、それをあらためようとしなかった。

「もしも秦が天下を統一したあと、仁義にのっとり古代の聖王をみならっていたら、陛下が天下をお取りになれたでしょうか」

陸賈ははぎれよくことばを放った。

そのことばは劉邦の耳に痛くひびいた。

「ぬかしたな」

むかしの劉邦であればそういったであろう。いまの劉邦は皇帝である。自分をおさえるように、眉宇《びう》のあたりに気色を暗くめぐらしていたが、やがてそれらを払い去ったかのように、

「陸賈、わしのために、ためしてみよ。なにゆえ秦が天下を失い、わしが天下を得たか。それを書きあらわしてくれぬか。古来の国々の成功と失敗も、あわせて著述するように」

と、おだやかにいった。

「うけたまわりました」

拝稽首《はいけいしゅ》した陸賈の胸が喜びでふるえた。その胸のなかを、竹の皮の冠が、電光のように通って消えた。

陸賈があらわした書物は『新語』とよばれる。ぜんぶで十二篇である。かれは一篇を書きあげるたびに奏上した。

劉邦はその書物を史官に読ませ、ききおわると、

「なんとみごとなものではないか」

と、にこやかに褒詞《ほうし》をくだした。それをきいた左右の臣はすみやかに、

「万歳」

を叫んで賀意をあらわした。

けっきょく劉邦は十二篇のすべてをほめた。そのたびに劉邦の近くから、万歳、の声が湧きあがったのである。

大いに面目をほどこした陸賈に、つづいて劉邦からくだされた命令は、

「南越《なんえつ》国の武王を説いてまいれ」

というものであった。

——ははあ、趙佗《ちょうた》のことか。

陸賈は南方の出身であるだけに、そちらの国々の情報は他人《ひと》より多くもっている。南越国などという国は漢の版図《はんと》にはなく、武王という王号も劉邦がゆるしたものではない。

命令をうけてから南越国へ出発するまでに、陸賈は趙佗のことをしらべあげた。

趙佗は河北の真定《しんてい》の出身で、秦の時代に官途につき、中国の南端の郡というべき南海《なんかい》郡の龍川《りようせん》の県令に任命された。

かれはそこで南海郡の尉である任囂《じんごう》の知遇を得た。

郡の行政の長官は守とよばれるが、軍政の長官は尉とよばれる。すなわち任囂が南海郡の軍を掌握していたのである。

この武官が病にたおれたとき、はるか北で陳勝が叛乱をおこした。任囂は病の牀《とこ》の上で天下の帰趨《きすう》をみきわめようとしたが、自分の死が近いことをさとり、趙佗をよび、

「語るに足る者は郡内では汝しかおらぬ。中国の動乱はまだつづくであろうが、ここを賊軍に侵略させてはならぬ。あえていえば、ここに独立した国を建てよ」

と、いい、ただちに辞令をあたえた。

任囂は趙佗を自分の後任にしたのである。

まもなく任囂が亡くなったので、軍をにぎった趙佗は郡内の兵に命令をくだし、街道をすばやく遮断させ、要衝の守備を固めさせた。それによって南海郡はまたたくまに独立国になったようにみえるが、郡内には秦王朝の官吏が多く残っていたの

で、めざわりな上級官吏をわずかな罪をみつけては処刑していった。独裁の体制を確立した趙佗は、中原の戦火が南方の果てにおよばないことをみさだめると、西隣の郡である桂林《けいりん》に兵をいれ、そこを征服すると、さらに兵を西へむかわせ、象《しょう》郡さえも併呑した。

南海、桂林、象の三郡をあわせて、ひとつの国とし、

「南越」

と、なづけ、趙佗自身は武王となのったのである。

漢王朝をひらいた劉邦は、その南越国を漢の版図に組みいれたかった。が、武力で討伐すると時がかかる。それゆえ外交という手段をえらんだ。

陸賈は弁舌ひとつで秦の時代の三郡を取りにゆくようなものであった。

この重要な任務をあたえられたことに、陸賈は心の張りをおぼえた。

はるばる南越国へゆく道すがら、

――趙佗という王は、徳があるというより、運が強そうだな。

と、陸賈はおもった。劉邦にさからった群雄はことごとくほろんでいる。趙佗はさからったわけではないが、同調もしていない。よくぞここまで国を治め、堂々と君臨してきたものだ。陸賈はみじかいあいだに多くの国の興亡と群雄の盛衰をみて

きただけに、趙佗の存在を奇異に感ずると同時に感心した。

——どんな男か。

任務の重さはあるが、会うのがたのしみであった。

その趙佗に謁見した。

——やれやれ。

陸賈はあきれぎみに趙佗をみた。

行儀が悪い。足をなげだしたまますわっている。越の風俗に染まったかたちをそこにみた。髪の結びかたといえば、

「椎結《ついけつ》」

といって、もとどりのあたりから椎《つち》のかたちに立ちあがった奇形で、つい微笑をさそわれる。それゆえ陸賈は趙佗から声をかけられるまえに、すすみでて、

「あなたさまのご親族やご兄弟の墳墓《はか》は真定におありでしょう。しかるにあなたさまは祖国の冠帯をおすてになり、この小さな越の国によって天子に対抗なさろうとする。それでは禍《わざわ》いがあなたさまの躬《み》におよぶことになりましょう」

と、切りだした。

そういわれて趙佗は河北のことをおもいだしたらしく、目を見張った。

——最初のことばの椎は効いたな。

手ごたえににたものを胸に感じた陸賈は、いまの天子、すなわち劉邦がどのように中国を平定し、なぜ南越国を攻めないのか、懇切に説いた。中国の人口は億をもって数えるのに、南越国の人口はせいぜい数十万であろう。兵の数は隔絶している。その大兵力を南越国にむければ、明日にでも南越国をほろぼせるのに、劉邦がそうしないのは、兵となる民の苦労をおもってのことである。

「ゆえに天子はわたしをおつかわしになり、あなたさまに王印をさずけ、割り符をわかち、使節を通じようとなさったのです。天子の使節には、あなたさまは郊外まで出迎え、北面して臣とならねばなりません。そうなさらないのなら、天子はこの国を攻めます。さすれば越人《えつひと》はあなたさまを殺し、漢に降伏するでしょうが、そのことは掌をうらがえすごとく、たやすいことだと存じます」

趙佗が我を張り通せば、実際にそうなる。趙佗が死ぬまえに多くの民が死ぬ。陸賈は自身を死の使者だとおもっていない。人を生かす使者だと信じている。かつてもそうであり、いまもそうである。

趙佗はおどろいて飛びあがった。陸賈の目にはそううつった。趙佗はすわりなおして、自分の非礼を陸賈にわびた。

——ここが、この男のいいところだ。

私力にこだわった者もつぎつぎにほろんでいった。端的な例は項羽である。だが、趙佗はちがった。陸賈の言から中国をひろびろとみわたした。その広大さのなかに自分をおきかえることをした。できそうで、なかなかできることではない。卑俗をよそおってはいるが、器量はそうとうに大きい。

——英傑というべきだな。

陸賈は趙佗という王をみなおした。その心情の変化が好意に染まったことを察したのか、趙佗はともに語ることのできる者をめずらしく発見したという顔つきをみせて、

「ところで、わしを蕭何《しょうか》、曹参《そうさん》、韓信《かんしん》とくらべると、どちらが偉いであろうか」

と、微笑をふくんでいった。

その三人は漢の名臣であり、さすがに南越までその名がとどいていた。

「王のほうが偉いでしょう」

あっさりと陸賈はいった。媚辞《びじ》ではない。瞬間にその三人と趙佗とを比校《ひこう》し、趙佗のほうに重みと大きさとを感じたのである。

趙佗は目に煌《かがや》きをためた。

「わしを皇帝とくらべたら、どうであろう」

「漢の一郡の広さしか有しない王と、天下の利を計り害を除き、五帝三王の大業を継承し、中国全土を統理なさっている皇帝と、くらべようがありませんな」

　これもあっさりといった。

　すると趙佗は目の煌きを斂《おさ》め、笑いを口端にちらりとみせて、

「わしは中国で起《た》たなかった。ゆえに、ここ南越の王におさまっているが、もしも中国にいたのなら、漢の皇帝におよばない、ということもなかったのではないかな」

　と、想像を楽しむようにいった。

　――さて、どんなものか。

　陸賈はすぐに返答をしなかった。ふたたび趙佗の目に煌きがもどった。

　陸賈は数か月も南越国にいた。

　すっかり趙佗に気に入られ、ひきとめられたのである。

「先生、今日はどんなお話をしていただけますか」

　と、子が親に奇談をねだるような人懐《ひとなつ》っこい顔を趙佗がむけるので、陸賈はなか

なか帰国を切りだせなかった。

「いつまでもこうしているわけにはいきません」

と、出立をにおわせると、趙佗は、

「残念ですが、いたしかたありませんな」

と、いい、陸賈に大いに感謝し、価千金の真珠を贈り、さらに千金を贈った。

この時点で、正式に、趙佗は劉邦に臣従し、南越国は漢の版図にくわわったといってよい。

「でかした」

劉邦は復命した陸賈を声を大にしてほめ、陸賈を太中大夫《たいちゅうたいふ》に任命した。太中大夫は皇帝の諮問官である。劉邦に下問すべきことが生じた場合、すぐに声をかけやすい地位に陸賈をおいたということである。

帰宅して旅装を解いた陸賈を待ちかねていたように訪問した男がいる。

朱建であった。

陸賈は南越から帰る途中で、黥布の叛乱をきいた。朱建は黥布の宰相であったから、どうなったのか、気にしつつ帝都の長安《ちょうあん》に着いたのである。朱建は生きていた。

陸賈の顔をみた朱建はいきなり、

「盗賊などやる男は、やはり気が小さい」

と、いい、やるせない苦笑をみせた。それをきいた陸賈は、ふと、劉邦の容貌をおもいうかべた。

黥布は漢の勲臣がつぎつぎに誅《ころ》されている事実を深刻にうけとめ、ついに疑心に暗鬼を生じさせて、兵を挙《あ》げた。

その挙兵のまえに、朱建は黥布をいさめ、挙兵をおもいとどまらせようとしたが、かえって自身が殺されそうになったので、黥布のもとから脱して長安へ奔《はし》ったのである。

黥布の末路はあわれであった。

「鄱陽で殺害された」

と、朱建は暗い表情でいった。

黥布は劉邦に戦いをいどみ、大敗した。百余人の部下と江水の南へ逃げた。

そこに長沙王の使者がきた。

長沙は九江の西隣にあり、かつて九江の鄱陽で叛乱を指導した呉芮は、天下がさだまると、長沙王に任じられた。黥布に使者をおくったのは呉芮ではなく、呉芮の歿後に、王位を継承した呉芮の子である。ついでにいえば、黥布は呉芮の娘を妻にしたから、いまの長沙王は黥布の義兄弟ということになる。

「ともに鄱陽で叛旗をひるがえしましょう」

長沙王は使者にそういわせた。

黥布はその言を信じた。が、長沙王は鄱陽にはあらわれず、賞金めあての鄱陽の住民に黥布は殺された。

「そうか……」

と、いった陸賈は、それ以上の感想をいわなかった。黥布についてはよい印象をいだいていないので、黥布がこの世から消えたことに痛みはないものの、心のなかにある均衡がくずれたように感じた。

目のまえにいる朱建は、

「平原君《へいげんくん》」

とよばれている。黥布が王になるまえは当陽君《とうようくん》となのっていたように、君というのは、戦国時代の小領主をあらわしている。朱建が黥布からはなれた時点で、小領主ではなくなったが、その呼称は生きている。

朱建はかれなりの道義をつらぬいてここまできたといえないことはない。

それは陸賈にわかるのだが、

——この男が燦然《さんぜん》とかがやいていた時代はおわった。

という気がしてならない。あえていえば、黥布の死を知って心のなかでくずれた均衡にかわる均衡が生まれるときがきたような気がした。

半年もたたずに、劉邦が崩じた。

——ああ、そういうことか。

陸賈は皇帝に哀哭《あいこく》をささげつつ、心のなかでなにかがつりあったような感じをおぼえた。

呂太后《りよたいこう》の時代がはじまった。

この劉邦の正夫人は恐怖政治をおこなった。劉邦がほかの夫人に産ませた子をつぎつぎに抹殺し、自分にさからう者を容赦なく排除していった。

王朝における最高の武官は周勃《しゆうぼつ》である。

陸賈は周勃と冗談がいえる仲なので、たまに、

「将軍が兵を指揮する雄姿をみたいものです」

と、いってみることがある。

その兵を呂太后にむけなければ、劉邦の子孫は死にたえてしまう。陸賈はそういってみたつもりだが、周勃は笑い、

「ばかをいえ、匈奴《きょうど》とは和睦したのだ。なにゆえわしが北方に出撃し、その和睦を破る必要があろうか」

と、いって、とりあわない。

――呂太后は、北方の異民族より恐ろしい。

王朝のなかにあって呂太后は劉邦のつくった骨組みを崩壊させようとしている。このままでは漢王朝はほろび、呂王朝ができてしまう。

――わたしには、まだまだやることがあるようだ。

陸賈は右丞相《じょうしょう》の陳平《ちんぺい》の家をたずねた。

丞相には右と左とがあり、右丞相がいわば首相である。

陸賈はずかずかと奥の部屋までゆき、陳平をみつけた。

陳平は几《き》にもたれ、庭をみていた。

すぐうしろまでいっても、陳平はふりかえろうとしない。ものおもいにふけっているらしい。

劉邦は死ぬまえに陳平について、

――陳平は智余《あま》りあり。しかれども、独り任じ難し。

と、いった。一言にして陳平の心身の全容を描きつくしているといってよい。陳平は智慧《ちえ》でかたまるどころか、その智慧はあふれんばかりで、しかしながら智慧がありすぎることによって、他人をたよろうとはせず、他人も陳平を助けようとはしない。それゆえ陳平ひとりでは政治はうまくゆかぬ、と劉邦は末期の目で陳平の将来をみた。

——この人でさえ、こうも深く悩むか。

陸賈は陳平をおどろかさぬように声をかけた。陳平はふりむいた。家人ではなく陸賈がそこにいることをいぶかるような目つきをしたが、愁えをあらためることをせず、

「わしがいまなにを念《おも》っているか、先生、あててみられよ」

と、昏《くら》い目でいった。

陸賈は陳平の思念の闇を看破するように直言した。

「あなたは人臣の位をきわめた。それなのに憂愁の念をいだいている。呂氏一族と幼い天子のことをお考えになっておられるのでしょう」

陳平の容光にかすかなあかりがもどった。

「いかにも——。が、これをどうしたらよいであろう」

陳平が他人の智慧を借りようとするのは、めったにあることではない。

――智慧がありすぎると、こうなるのだな。

と、陸賈は得心しつつ、子どもでもわかるようなことを陳平に説いた。つまり行政の官の長である陳平と軍政の官の長である周勃とが手をにぎり、呂氏に対抗すればよい。そのためには体面にこだわらず、まず陳平のほうから手をさしのべるべきである。

陸賈がそういうと、陳平は蘇生したような息を吐いた。

さらに陸賈は呂氏の専横をうちやぶるこまかな計画を述べた。そのひとつひとつを、陳平は子どものような素直さできいた。

まもなく陳平はひそかにうごきはじめた。陸賈の計画にそって周勃と結び、呂太后が亡くなると、一気に呂氏を族滅した。

「先生のおかげで、高祖皇帝に顔むけができる」

喜悦をかくさず陳平は陸賈に感謝し、奴婢百人・車馬五十乗・銭五百万を贈った。

陸賈の名実が宏富《こうふ》を得たのはそのためであるといってさしつかえあるまい。

かれは優雅な男である。

つねに四頭立ての馬車にすわって乗り、従者のなかに歌舞や鼓、それに琴瑟《きんしつ》をおこなうことのできる侍者を十人くわえ、価百金の宝剣を身につけていた。子は五人いる。

ふつうは長男に家をつがせるのだから長男と同居するのだが、陸賈はそうせず、どの子にもたよらず、迷惑もかけぬということを考え実行した。

つまり長男の家に十日いれば、つぎは次男の家にゆく。そのように自分の子の家に十日ほどとどまっては、移ってゆくというのである。むろん知人の家に逗留することもある。そうするために、陸賈は南越の趙佗から贈られた真珠を千金にかえ、五人の子にわけあたえて、それぞれに一家をかまえさせた。

陸賈は自分の子に、

「わしが死んだら、その家の者にこの宝剣をやろう。葬式の費用にあてるがよい。おそらくわしがおまえたちの家をたずねるのは、年に二、三回であろう」

と、さとした。

陸賈の晩年は悠々たるものであった。

山河に遊び、風光に染まり、人恋しくなればわが子や知人の家に泊まった。

人の世にこだわるような、こだわらぬような、微妙な心象の風景が、体現されたともいえよう。

——すべては、あの石径からはじまった。

陸賈は劉邦が隠伏していた地へゆき、なつかしい石径に馬車をすすめた。石の径は白く光っていて、そのかなたに碧《あお》く晴れわたった空がある。

「止めよ」

と、御者《ぎょしゃ》に命じた陸賈は、ゆっくりと馬車を降り、数歩くだって、足もとの小石をひろった。

——この小石を投げても、高祖皇帝はあらわれない。

むなしいさびしさが胸を吹きすぎていった。

「やっ」

陸賈はその小石を投げあげた。空虚と無音のなかに消えてゆくはずの小石である。

だが、男の声がした。

「どこの孺子《じゅし》(子ども)だ。わるさをしおって」

どうやら小石は昼寝をしていた野人《やじん》の近くではねたらしい。

「こりゃ、いかん」

あわてて馬車に乗った陸賈は、従者に命じて野人にあやまらせ、自身はほっとした笑いにくるまって、風のながれる石径を降下していった。

# 風の消長

目いっぱいの青空である。

その青空にむかって急上昇してゆくようである。

少年は笑った。

笑わなければおれぬほどその青空は美しく、耐えがたいひろがりと深みとをもっていて、自身がそこへ吸いこまれてゆきそうな恐怖の感覚からのがれようとするこころみが笑いとなった。

「どうだ、高いだろう」

少年のからだを高々とささえあげた父の声が、ふしぎな遠さをもっていた。

少年は笑った。狂ったように笑いつづけた。

「そうか、そんなに愉しいか」

父はいちど少年のからだを胸のまえにおろし、ふたたび頭上にあげた。

こんども少年は笑おうとしたが、その顔は泣き顔になった。

「あら、肥《ひ》は泣きそうだわ」

母の声である。

「愉しくて、泣くか」

父は少年を抛《ほう》りあげて、抱きとめた。肥とよばれた少年は、息がとまりそうになった。その恐怖からのがれたと知ったとき、また笑った。

「ほら、みろ。肥はおおらかな児よ」

「そうかしら。あなたをみならうと怖いわ」

「おい、わしのどこが怖い」

「おおらかすぎて、ほかの女がくっついてきたがってるわ」

母は肥の手をひき、肩を父にぶつけた。甘えるようなしぐさであった。

「妬《や》いているのか。おまえほど佳《よ》い女はざらにはおらん。安心するがいいさ」

父の手は母の胸を衣服のうえからつかんだ。

「あ……」

母は身をくねらせ、父の手のうえに手をおいた。肥は母の顔をぼんやりみあげた。

——うれしそうな……。

と、おもえば、それでよかったが、ふたりのたわむれがはげしくなると、自分が忘れられたようなさびしさをおぼえた。

遠くで男の声がした。

父は母のからだから手をはなし、

「あれは求盗《きゆうとう》だな」

と、つぶやいた。求盗は盗賊を捕らえる吏卒《りそつ》である。

「亭長――」

男が走ってきた。

苞苴《ほうしよ》をかかえている。

「お、できたらしいな」

父は顔をほころばせた。

「まあ、なにかしら」

苞苴はふつう贈り物のいれものである。そのなかみは楽しいものときまっている。

母は目を細めた。

母の意中をすぐに察したらしい父は、小さく笑い、

「おい、勘ちがいするな。あれは、わしのためにつくらせたものだ」

と、たしなめるようにいった。

「まあ、つまらない」

母は肩を父にぶつけた。

求盗はにやにや笑いながら三人に近づき、

「仲がよろしいことですな」

と、いい、苞苴をさしだした。

「さて、なにがでるか」

父の声に肥は目をあげて父の手をみつめた。その手は冠をとりだした。みかけぬ冠である。

「変な冠ねえ。これ皮でも布でもないわね」

と、母は冠をさわった。

「皮は皮でも竹の皮だ。薛《せつ》に冠づくりの名人がいる。その者をくどいてつくらせたのだ」

そういった父は特製の冠を頭につけ、微風にむかって手をひろげ、

「どうだ、皇帝のようだろう」

と、豊かな声をはなった。

求盗と母はそれぞれの恰好で笑い、

「秦《しん》の皇帝は、竹の皮の冠をかむっているの」

と、母はからかった。

「そのほうどもには、わしの偉さがわからぬ。この世の唯一人は、この世に唯一しかない冠をかむるものだ」

父はわざとおごそかにいった。

拍手がおきた。

「む――」

父はふりかえり、したをむいた。肥が小さな手をしきりに拍《う》っている。父の手が肥の頭をなでた。

「肥は父の偉さがわかるのか」

そういわれた肥はうなずいてみせた。母と求盗はそれをみて、顔をみあわせ、困惑したように笑い、それから母だけは心配そうに肥をみつめた。後年、肥はこの情景をくりかえし憶《おも》いだした。

「実際、わしの目には父が皇帝のように美しくみえたのだ」

と、相国《しょうこく》の曹参《そうさん》にいった。

肥の父は、むろん劉邦《りゅうほう》であり、母は曹氏《そう》である。

肥がよく憶いだした情景というのは、劉邦が泗水亭《しすいてい》の長になって二年目のことである。亭はいまでいう警察の派出所のようなものであるが宿泊設備をもっていた。亭《てい》十里に一亭というのが秦法のさだめである。亭長にはふたりの配下しかいない。亭父《ほ》と求盗である。亭父は亭の管理がその任務である。劉邦の二十代というのは、無頼の渡世であった。各地の豪俠の者をたずねて歩いた。魏《ぎ》の首都の郊外に外黄《がいこう》という邑《まち》があり、そこに張耳《ちょうじ》という俠士《きょうし》が住んでいた。劉邦は好んでそこへゆき、数か月も草鞋《わらじ》をぬいでいたことがある。

「若いの、おぬしはたれを尊敬しているか」

張耳は劉邦にきいたことがある。

「ひとりだけ、といわれれば、信陵君《しんりょうくん》です」

信陵君は名を無忌《ぶき》といい、魏の安釐《あんき》王の弟であった。義俠心に富んだ公子で、秦軍に包囲された趙《ちょう》の首都の邯鄲《かんたん》を救うべく、兄の制止をふりきって突出し、秦軍を撃ってその包囲を解かせ、趙に保全をもたらしたことは有名である。

「おお、若いの、よくぞいった。この世に賢人がいたとしたら、あの公子を措《お》いてほかにいない。秦王がまことに恐れたのは信陵君だ。それゆえ、金一万斤《きん》を魏にばらまき、信陵君の悪口をいわせた。安釐王はむざむざ秦王の悪計にかかって、信陵君を黜《しりぞ》け、魏の滅亡を招いてしまった。わしはな……」

と、いった張耳は目を赤くしている。

「わしは、信陵君の食客であったことが、生涯の誇りだ」

「存じております」

そうこたえた劉邦に、のちに、張耳が臣従し、趙王に任ぜられようとは夢にもおもわなかったにちがいない。ましてこのときまだ生まれていない劉邦の娘を、自分の子の敖《ごう》の妻にむかえようとは予想のかけらも胸中に生じなかったであろう。

しばらく張耳は信陵君を追想してから、

「ほかに尊敬する者は――」

と、きいた。劉邦はためらわず、

「楽毅《がっき》です」

と、こたえた。

「楽毅か……」

張耳はこの若者が歴史にむける審美眼がなんとなくわかった。楽毅もおのれを知ってくれた者に全身全霊でむくいようとした義俠の人である。中山《ちゅうざん》の出身であるが、中山が趙によって滅ぼされたあと、趙から魏へさすらっていたが、燕《えん》の昭《しょう》王が賢者を招いているときき、燕へ行ったところ、肝胆あい照らし、ついに昭王のために斉《せい》の七十余城を陥落させた名将である。昭王が死ぬと新しい王の恵《けい》王に疑われ、趙へ去った悲運の人でもある。

信陵君も楽毅もその活躍のはなやかさのわりに晩年は悲哀のいろどりが濃い。

「そこに人としての美しさがある」

この若者はそういいたそうな目をしている。もっと推《お》せば、人は滅びるから美しい、というかもしれず、滅びない人は美しくない、ともいいそうである。

「気にいったよ。いつでもくるがいい」

張耳は若い劉邦に温言をあたえた。

実際、劉邦は雨にうたれ風にさらされ、無頼の旅をつづけた。たまに立ち寄る実家では白眼でむかえられた。家族の情のうそ寒さを感じるたびに、旅の空が恋しくなった。

——死ぬまで、さすらうか。

家を飛びだせば、おのずと足は外黄にむく。

が、張耳はそこにはいなかった。

張耳には賞金がかけられていた。

「千金」

というのが秦の政府が公示した懸賞金である。

戦国七雄とよばれる大国のなかで、飛躍的に巨大になった秦が、まず韓《かん》を滅ぼし、ついで魏、さらに楚《そ》、燕、趙と滅亡させ、残った斉を併呑して、六国を統一したばかりである。秦の法律に従わぬ者を容赦なく処罰しはじめたのである。

――いけねえ。

劉邦は逃げかえった。とたんに父につかまった。

「おい、邦よ。すこしはわが家の役に立て」

夫役《ぶやく》があるという。

秦の始皇帝が大いに土木工事を興しはじめた年である。はるばると首都の咸陽《かんよう》へゆき、宮殿の造営に従事することになるときいた劉邦は、

「ゆくよ」

と、素直にいった。

――咸陽をみたい。

という気がはたらいた。秦は長信宮という宮殿を咸陽の南を流れる渭水《いすい》の南岸に造り、そこから始皇帝の陵墓とさだめられた驪山《りざん》に道を通じさせようとした。ほかに甘泉前殿とよばれる宮殿を造って、咸陽からそこに達する甬道《ようどう》を築くことにしていた。甬道というのは、道の両側に牆壁《しょうへき》を設け、道をゆく始皇帝を外からみえなくさせる特別な道路である。

劉邦はどの工事に従っていたか。

とにかくかれは咸陽の威容をみたのである。いかめしさはない。華麗であり、ときどき砂塵で宮殿がみえかくれするときは、雲のかなたに去ってゆくはかない美しさにみえた。その感動のうえに、あらたな感動が搭《の》った。

秦の始皇帝を目撃したのである。

遠い影であった。

が、大地に屹立《きつりつ》する影であった。

この世のいとなみが、かれの視界であざやかに立っているたったひとりの男のためにあるとおもえば、

「ああ、男と生まれたかぎり、あのようにあるべきだ」

と、感慨がつぶやきとなってもれたのもむりはない。劉邦はぶじに夫役をおえた。

咸陽での夫役が劉邦に多少はまともな道を歩かせるきっかけになった。夫役はただばたらきではなかったのである。

役夫に爵一級が下賜された。

往時、秦を大改革した商鞅《しょうおう》は、爵に二十等を設けた。最上位を徹侯《てっこう》といい、最下位を公士という。貴族でも庶民でもその二十等に分類された。庶民の場合は国家に益をもたらさなければ、叙爵されないから、当然、爵をもたぬ者もいた。いうまでもなく、それは秦の国民に適用されてきた制度で、秦に抵抗していた国々の民にはなんら関係がなかった。ところが中国が統一されたとたん、秦の法律が全国の民をしばった。秦の爵位が人の尊卑をきめるようになったことも、そのひとつである。

「わしは公士になった」

沛《はい》県の豊邑《ほうゆう》の中陽里《ちゅうようり》に帰ってきた劉邦は大いに自慢した。家族や親戚で爵位をもっている者はひとりもいない。

「そういう夫役だったか」

次兄の劉仲《りゅうちゅう》は嫂《あによめ》と顔をみあわせ、たがいの胸にあるにがさをたしかめあった。

劉邦の得意顔が目にわずらわしい。

「邦や、威張りたければ、官途に就けや。公士さまなら、官吏になれよう」

父にいわれて、劉邦はその気になった。

翌年、補吏となった。役人の見習いといってよい。それから三年して、泗水亭の長に任命された。沛県は泗水という川の西岸にあり、泗水亭はその川の東岸にあるが、さほどの距離はない。それでも劉邦にしてみれば、川をへだてたところにいることは、大いに気が楽であった。なんでもいえる。

「沛県にはろくなやつがいない。令（長官）はくだらぬ男であるし、その下にいる吏人も小人《しょうじん》ばかりだな。わしとつきあえる器量の男がみあたらぬ」

という悪口も、きいているのは亭父と求盗ばかりである。

が、劉邦の大言壮語は川を飛びこえたらしい。

沛県の主吏《しゅり》の蕭何《しょうか》は、

「風がことばをはこぶということに気づかぬところが、いかにも劉季《りゅうき》らしい。大口をたたく悪癖をなおさぬと、いつまでたっても亭長どまりだ」

と、にがい顔をした。季、は劉邦のあざなである。蕭何は能吏である。かれの事務能力の優秀さは中央にも知られ、秦の朝廷はかれをよびだそうとしたことがあるが、かれは沛を去ることをこのまず、固辞した。下役の者はその事実を知ると、

「主吏が咸陽で官吏になれば、ずいぶんと高位にのぼれそうなのに、もったいない。なにゆえ沛に残られたのか」

　と、首をかしげあった。

　蕭何はその理由について一言も余人にいわなかった。

　蕭何の耳には劉邦の言動が逐一はいってくる。日常の生活ぶりもおのずとわかる。劉邦には子がある。すでに六、七歳になる男子である。その子を産んだ女が曹氏であると知って、沛の獄吏である曹参に、

「劉季は曹氏の家でしばしば泊まっているようだが、あの曹氏という女は、なんじの親戚か」

　と、きいた。曹参は眉をけわしげに寄せ、

「先祖をたどってゆけば、血はつながっておろうが、つきあいはない」

　と、にがいものを吐き棄《す》てるようにいった。

　劉邦は無頼の徒として沛では知られているので、たとえいまは亭長におさまっていても、庶民は劉邦を忌み嫌っている。暴力事件で劉邦は一、二度、獄にはいっている。そんな男とかかわりがあると疑われてはたまらぬ、という曹参の表情であった。

曹氏は小意気さをもった女で、目に艶《つや》があり、ふとした恰好で色気がこぼれる。劉邦ごのみの女である。

肥は母が劉邦とまじわっているところを二度ほどみた。劉邦はたしかに父なのだが、ほかの家にある父の像とはちがうような気がした。その尊厳が家のなかを息苦しくさせるような存在ではない。たしかに肥にとって劉邦は恐ろしいのだが、こちらをおしつぶしてきそうななにかに、ふれたとたん、からだをぬけていってしまう。

肥は酒に酔った劉邦をよくみた。

一度は酔罵《すいば》を吐きながら家のなかにはいってくると、いきなり、

「脱げ」

といって曹氏の衣に手をかけた。

「肥がいますよ」

曹氏は劉邦の手をおさえて、身をよじった。

「かまわぬ」

劉邦は酒くさい息をまきちらしながら、女の衣をむしりとった。

「肥や、あっちへおゆき」

曹氏はときどきするどい声で肥を叱《しか》ることがあるが、このときは、自分のするどさを抑えたような声で肥を遠ざけようとした。自分が裸になっていることが、自分の子にどううつるのか、そのおびえが、かえって声をなにかでくるんだように弱めたのかもしれない。

おびえは、肥にもあった。

酒に酔った父も恐ろしいが、みたこともない母をみたという感じが、肥の足をあとじさりさせた。

肥の足が土間のつめたさにふれたとき、あたりから明かりが消えた。闇のなかに父も母も呑みこまれたような不安が、肥の胸にさしこんできた。

ふと、目を落とした。

光るものがある。自分の手が光っていた。どこかに壁のやぶれがあるらしく、そこから月光が落ちてきている。肥はにぎっている指をひろげた。すると爪がきらきら光った。肥は手をうらがえしてみた。掌《てのひら》に月光がのった。

とたんに、闇がうめきを発した。

肥はひろげていた指をたたんだ。月光が掌にはいったような痛みをおぼえた。

二度目は、父の陽気な酒のなかに、たわむれともおもえるまじわりがあった。明かりもあり、肥の目にはかくされたものがなかったにもかかわらず、それが父と母との夜のいとなみであったことに、のちに気がついた。

笑いながら酒を呑んでいた父は、ひょいと母を膝のうえに抱きあげた。一瞬であるが、母が少女のような夭《わか》くやるせない貌《かお》になった。肥はそれを美しいと感じつつみた。

「酒の呑みかたもいろいろある」

と、父はいいながら、手をうごかし、わずかにからだをずらした。母はひそみをあらわし、唇をひらいた。目をつむって、なにかを耐えているようにみえた。父は微笑をたやさず、杯を口にもっていったが、急にその微笑する目を肥にむけた。

肥は微笑をかえした。

「肥よ、社には詣でているか」

「はい」

「そうか。この世で大事をなそうとする者は、切所で……、つまり、いのちの瀬戸際で、天神地祇《てんしんちぎ》の祐《たす》けが要る。それがわからぬ者は、いかに栄耀栄華をきわめようと、小成をとげたにすぎぬ」

肥は口をきつくむすんだ。

父の声が荘厳《そうごん》にきこえた。男が男にだけ語っているというひびきがあり、そのひびきがかよわない母を、肥はあわれに感じた。

「神をうやまえ。その信仰の篤《あつ》さが、おのれを助けることになる。なあ、肥よ。この父も死んだら神になるのだぞ」

ふしぎな目の色であった。濡れているような澄んでいるような、べつの世界から射してくる光をうつしているような、そういう神秘の色である。

肥はその目にむかってうなずいた。


ある夜、父がすさまじい形相でとびこんできた。衣服が雨に濡れている。

「どうなさったの」

心配そうな声を発した母の胸に父の濡れた衣が投げつけられた。母はだまって着替えをだした。それから濡れた衣をかたづけようとした母は、

「あら、血が……」

と、かるいおどろきをしめした。

「ふん、夏侯嬰《かこうえい》のやつを、ちょいとかわいがってやったのさ」

と、父はいったが、父から発散されるものに殺気のなごりのような荒れたものが

あり、夢を破る物音と夜の静けさに爪をたてたような父母の声に、肥は目をさまし、

――父は夏侯嬰と争ったのか。

と、ぼんやりおもった。おとなのすることはわからないことが多い。肥は夏侯嬰を知っている。この家に顔をみせたことがあり、泗水亭にくるたびに夜のふけるまで話しあう、と父はいっていた。肥が夏侯嬰をみた感じと父の話をあわせると、夏侯嬰は父に心服しているようなのである。

「夏侯嬰はみどころがある」

と、父が母に話しているのを肥はきいたこともある。

そんな親密な仲ともいえるふたりが、どうして争うのであろう。

父の声が急に低くなった。くぐもったような声である。地をはってくるような陰気さもある。

「たれもいなかったから、大事にはなるまいが、はやくあの血を落としておけ」

「はい……」

「血のことはしゃべるなよ」

「口が裂けてもいいませんよ」

「あとは……、夏侯嬰さえだまっていれば、この件は人知れず通りすぎてゆく。わ

かると亭長の首が飛ぶし、獄にはいらなければならん。出獄しても、もう沛にはおられぬ」

「いやですよ」

母はなみだ声になった。

劉邦に惚れて、惚れぬいた女である。無頼の渡世から足を洗った夫に寄り添い、たがいの愛情のしるしとして生まれた肥という子とともにつかんでいる幸せを、手ばなさねばならぬ事態を、未来に描きたくないというように曹氏ははげしくかぶりをふった。

だが——。

数日後、劉邦は泗水亭に役人を迎え、連行された。

「劉季が夏侯嬰を刺すところをみた」

と、告発した者がいたからである。おそらくその告発者は、劉邦が沛のあたりで闇の勢力を伸ばしつつあることを知っており、しかも劉邦は亭長という小役人の顔をもって日の下をのし歩いている。いわば二足の草鞋をはいている劉邦というならず者を、県外へ放逐するのにまたとない機をとらえたつもりであろう。県の役所にも劉邦を憎み、にがにがしくおもっている者はすくなからずいるので、その告発をうけて、すばやく動いた。

このとき夏侯嬰は補吏であったが、欠勤しているという。

「劉邦と夏侯嬰を会わせれば、わかることだ」

劉邦は傷害の罪を問われ、夏侯嬰は法廷によびだされた。

――これで劉邦の顔をみなくてすむ。

と、法官はおもったであろう。

しかしながら、この裁判はたやすくおわらなかった。劉邦は、

「夏侯嬰を刺したおぼえはない」

と、いい、夏侯嬰は、

「劉邦に刺されたおぼえはない」

と、いう。これでは傷害罪が成立しない。

――ははあ、夏侯嬰は劉邦に恫《おど》されているのか。

と、感じた法官は、夏侯嬰にだけ、

「そのほうが負傷したことはわかっている。劉邦に殺されかけたのであろう。劉邦のことだから、しゃべると殺すと恫したかもしれぬが、そうはさせぬ。安心して話すがよい」

と、語りかけた。

だが夏侯嬰は表情も口調もかえず、

「けがはほかのところでいたしました。劉邦とはかかわりがありません」

と、いった。法官はさすがに慍《むっ》とした。

「目撃した者がいるのだ。劉邦はそのほうを刺し、逃げた」

「恐れながら、それは別人か、あるいは事件を捏造《ねつぞう》したのでございましょう」

「黙れ」

法官は怒声を発した。

その後、くりかえし劉邦と夏侯嬰を問いつめたが、ふたりのいうことはいつもおなじで、目撃者も、

「暗かったので、みあやまったかもしれません」

と、いいだしたので、ついに劉邦と夏侯嬰のふたりを法廷は解放した。


ぞろぞろと曹氏の家に人が集まってきた。

えたいのしれぬ者が多い。

そのなかでぎらぎらと精勁《せいけい》な気を発散しつづけている魁奇《かいき》な男がいる。犬を殺し

てその肉を売ることをなりわいにしている樊噲《はんかい》という者である。

肥が顔をみたことのあるのは、その樊噲と周緤《しゅうせつ》である。周緤はつねに無口で、少々陰気な感じをあたえるが、肥はどちらかといえば周緤のほうが好きであった。周緤も傀《おお》きい。

——目と腰のすわりがよい。

肥のような少年の目にも、周緤の骨柄《こつがら》のなかに沈んでいる直心《ちょくしん》のようなものがみえた。

樊噲も周緤も肥をみかけたときに、かすかに笑《え》みを浮かべる。が、その微笑にはちがいがある。樊噲のそれは肥のからだをぬけてゆく。つまり肥のうしろにいるはずの劉邦への会釈といってよい。一方、周緤のそれは、笑みそのものがふれてくるという実感がある。微妙な感興を肥の胸に生じさせ、それが何であるのか、たしかめているうちに、その微笑は通りすぎている。

——樊噲と周緤とでは、どちらが強いだろうか。

と、少年らしい興味をいだいたことがあるが、肥の知るかぎり、そのふたりが争ったことはない。

「陽と陰のようなものだよ」

と、母の曹氏が肥におしえた。樊噲が陽で周緤が陰である。陽と陰がそろって、この世ができている。天が陽で、地が陰であり、男が陽で、女が陰であるから、そのどちらが欠けてもこの世は成り立たない。たしかに男は陽であるけれど、男と男をくらべると、またしても陽と陰にわかれる。ただし陽が強く、陰が弱いということはない。男と女についていえば、武力や腕力などおもての力は男がまさっているけれど、生きつづける力はむしろ女のほうがまさっている。それを内の力とよべば、真の力をそなえた者は、おもての力と内の力をあわせもっていなければならない。

「あのふたりがあわさって、ひとつの力だよ」

と、母にいわれた肥は、そういう力が寄ってくる父の存在を、ほこらしく、たのもしく、ふしぎに感じた。

かれらは劉邦が釈放されたことを賀《いわ》いにきたのである。

「おい、おい、たいしたことではない」

劉邦は集まった男たちに笑顔をみせたが、目は笑ってはいない。その笑っていない目に気づいた男たちは、談笑のきっかけをうしなって押しだまった。

「秦は長者をつぶそうとしております。どうかお気をつけなさってください」

と、樊噲がふんべつくさいことをいった。かれのいう長者とは、徳の高い人、というより侠客《きょうかく》の意味のほうが濃厚である。秦の王朝は秦の法令や制度に従わぬ者を徹底して処罰している。天下の人民は皇帝ただひとりのためにあり、その人民を法令と制度とが管理している。たとえば県令でも、ひとりの県民をも所有していない。しかしながら長者とよばれる人は、法令や制度の外で、人を所有する。懸賞金のかかった張耳がその好例であろう。張耳という男の存在が、目にみえない組織をつくってしまう。張耳にいのちをあずけるような者が、千人も二千人もいてはならない、というのが秦王朝の感情である。劉邦の名は張耳にとてもおよばないが、それでも沛のあたりで、侠気を尊ぶ者たちの人気を集めつつある。それだけに、

——劉邦のような男は、いまのうちにつぶすべきである。

という考えを県の役所がもってもふしぎではない。そのためには劉邦の悪をはやくみつけ、法律にてらして罪状を明らかにし、厳罰に処するにこしたことはない。仲間内の争いとまでゆかぬ傷害事件を、ことさら大きくとりあげた理由はそこにある。

「ふむ、せいぜい、気をつけよう。みなもつまらぬことで獄にはいらぬようにしろよ」

劉邦にいわせれば、厳しすぎる秦の法律こそ悪である。もともと法律は、人がこ

の世に住みやすくなるように考えて、もうけられたものではないか。その法律がいまや人をおびやかしている。法律が悪であるとき、人はどうすればよいのか。

劉邦のもとに集まってくる男たちは、みなおなじような不満や不平をかかえている。心身をいまにも破って外へでそうな声をおさえにおさえている者ばかりである。

いえば、処罰される。この王朝は、国家への非難を許容するゆとりを、まったくもっていない。

「まあ、せっかく集まってくれたのだ。食事でもして帰ってくれ」

と、劉邦はいい、十数人の男たちをもてなした。劉邦にたくわえが多いはずはないが、こういうことにはきれいに銭をつかう。

男たちが帰ったあと劉邦は、

「いまわしには役人の目がそそがれている。それを承知で集まってくれた男どもだ。おろそかにはできぬ」

と、曹氏にいってから、客というのは鬼神のお使いだ、よくおぼえておけ、と念を押すようにいった。曹氏は目に小さな笑いをともし、

「あら、鬼神のお使いは、白馬などに乗り、きよらかなお姿でやってくるときいているのに、あんなむくつけきお使いもあるのね」

と、かろやかに切りかえした。

劉邦はにやりとして、曹氏の肩を抱き、

「男は、ここでみるのさ」

と、指で女の胸をついた。

劉邦にいつものゆとりがもどったようである。

曹氏は、あっ、と胸をひき、肩をすぼめて、劉邦を艶のある目でにらんでから、

「よかった」

と、しみじみいい、からだをやわらかくくずした。

ここまでの光景をみつづけてきた肥は、かすかにため息をついた。父をうしなうかもしれないという恐れを、母の表情を通しても、おぼえてきた。母の暗いおののきが肥の胸をよけいにふるわせた。

が、嵐は頭上をすぎていったという感じである。家族は吹きとばされずにすんだ。肥は小さな胸のなかにためていた苦しい息を、人のいないところで、ほっともらした。

しかしながら、その一件はそれで終熄《しゅうそく》したわけではない。肥が裁判の全容を知っ

たのは、成人になってからであるが、じつは再審がおこなわれた。

事件を告発した者は、

「夏侯嬰を刺した者は変わった冠をかむっていた」

と、憶いだしたようにいった。それをうけた司法の側はまえの裁判の手ぬるさを悔やんだ。劉邦がどれほどの人を動かし得るかがわかってきたこともあり、

——やはり、あの男は危険である。

と、判断した。べつな見方をすれば、司法の側が告発者をつくったといえる。告発者のいう冠が、劉邦の竹皮冠《ちくひかん》によく似ていたところから、ふたたび劉邦と夏侯嬰は法廷に立たされた。

劉邦と夏侯嬰はまえの裁判がおわったあと、つとめて会わぬようにしてきた。一度だけ、夜中に夏侯嬰が劉邦をたずねてきた。

「ご迷惑をおかけしました」

と、詫びにきたのである。劉邦は目だけで笑い、

「わかっている。早く帰れ」

と、夏侯嬰を家のなかにいれず、戸口でかえした。

その夏侯嬰を司法の側は狙った。被害者であるはずの夏侯嬰が、劉邦の名をだせ

ば、この一件はきれいにかたづき、沛県がかかえている暗い暈《かさ》をうちこわし、その下にいる者たちを掃きだすことができる。

夏侯嬰は獄に投げこまれた。このときから一年余の獄中生活がはじまる。

「拷《う》って吐かせよ」

という内示が獄吏にきている。

夏侯嬰は笞《むち》で打たれつづけた。血へどを吐いても、劉邦の名は吐かない。獄吏のひとりは、

「おい、てめえが死んで喜ぶのは、劉季だけだぜ。だが、劉季が死んで喜ぶのは、おおぜいいる。多くの人が喜ぶことをしなよ」

と、夏侯嬰の髪をつかみ、血を噴いている顔をあげ、語りかけた。

夏侯嬰は脣をうごかした。声はでてこないが、

「ちがうものはちがう」

と、いっているようである。

けっきょく夏侯嬰は証言をひるがえさなかった。のちのことをいえば、その事実が夏侯嬰の義俠の名を高め、劉邦が天下を制することによって、天下にあまねく知られるようになった。義俠を尊ぶ者たちが劉邦の配下のなかで、

——真の男よ。

と、みたのは、夏侯嬰ただひとりであるといってよい。

夏侯嬰が獄中にいるあいだに、ふらりと泗水亭に立ち寄った男がいる。かれは、任敖《じんごう》、といい、獄吏のひとりである。

あたりに人のいないことをたしかめた劉邦は、

「夏侯嬰は、どんなぐあいだ」

と、低い声できいた。

「弱ってはいるが、気はたしかだ。殺せば、証言を得られなくなるので、そこまではしないし、わしがさせない」

「そうか。たのむぞ」

「まかせておけ」

そういった任敖は、これといった機知のもちあわせのない男であるが、劉邦と親交があり、劉邦が戦雲の下を駆けまわるようになったとき、かれはひたすら劉邦に随行したということで、劉邦の死後、警視総監というべき御史大夫《ぎょしたいふ》の位にのぼった。

任敖はわかれ際に、

「そういえば、沛県に妙な客がきた」

と、いった。その客というのは、県令の友人で、呂《りょ》氏といい、出身は碭《とう》郡の単父《ぜんほ》であるらしい。

「県令の客か」

「ふむ、沛に居をかまえるようだ」

「県令の客となれば、したごころのある者は、進物をかかえて、面識を得ようとするだろう」

「まちがいなく、そうなる」

「それだけだろう。どこが、妙だ」

「うわさは早いものだ。呂氏は、仇を避けるために、沛に移住するときいた」

「仇を避ける……」

劉邦はひげをなでた。

――人を殺してきた男か。

劉邦の目が底光りした。仇は敵といいかえることができるが、迫害する者からのがれてきたのではなく、人を殺したがゆえにその遺族から復讎《ふくしゅう》されるのを恐れて逃避したというのが、仇を避ける、という内容ではないのか。ただし、わからないのは、県令ともあろう者が、殺人の罪を犯した者を客としてもてなすということである。罪を犯した者をかくまえば、同罪になるというのが秦の法律である。県令がそれを知らぬはずはない。だが、知っていながら、友誼《ゆうぎ》を重んじて、客として厚遇するというのであれば、県令をみなおす必要がある。しかしながらその義俠心はどれほど強靭《きょうじん》であるか。

「県令をいちど獄にいれたいものだな」

と、劉邦がぶっそうなことをいったので、任敖はあわてて、めったなことをいうな、というように目くばせをした。

その夜、曹氏の家に泊まった劉邦は、

「呂氏というえたいの知れぬ名士が沛に住むらしい。どんな男か、みてやろう」

と、笑いながら曹氏に話した。

肥はその夜の記憶もあざやかである。その夜を境に、父が遠くなっていった。父の劉邦が、呂氏をたずねたことで、呂氏の娘の娥姁《がく》と結婚することになったからである。

母は泣いた。

肥はどのように母をなぐさめたらよいか、わからなかった。わかったことは、母になげきをあたえたのは父だということであり、父の心情にも行為にも妄《うそ》があることをはげしく感じた。

父が母を愛していたのも妄であり、父が他人《ひと》のためにひと肌もふた肌もぬぐというのも妄である。ひとりの女を愛しぬけない男が、どうして他人の信望に堪《た》えられようか。父は母を裏切ったのであり、おなじようにこれからも父は他人を裏切りつづけてゆくにちがいない。

——憎めばよい。

父を、である。この少年は、同時に、自分をも憎んだ。父という不実が母という真実を犯し、この世に生まれでたのが肥という子である。肥は不実と真実とに染めわけられた血をもっている。父を憎めば、自分のなかにある不実をも憎まねばならない。

「生まれてこなければよかった」

肥は泗水のほとりに立ち、川面にむかっていった。

涙が草のうえに落ちた。

なんというさびしさであろう。未来の明るさをうしなった心の風景が、そのままあたりの風景であった。

まもなく雨を落としそうな黒い雲が低くあって、風はときどき透明な炎のように立った。川の水はかがやきも色もどこかに沈めたまま音もなくながれている。

肥は小石をひろった。

しばらく掌中の小石をみつめた肥は、満身の叫びと力とをこめて、その小石を投げた。小石は虚空にのぼり、川面に落ちた。ほとんど音はきこえなかった。

――それが自分の一生である。

と、観照できるほどこの少年は早熟ではないが、手ごたえをうしなった未来へむかって石を投げたことはたしかである。

その石はおのれほど叫ばず、時のながれに似た水のなかに没した。

肥はふたたびしゃがみ、膝を抱いた。

その影があたりの風景のなかで小石のようであった。

たれもいないはずの水のほとりに影が湧いた。その影はゆっくりと肥に近づいた。

「なにをしている」

肥に声をかけたのは沛の獄吏の曹参である。

「なにもしていない」

「そうか。だが、哀しげにみえる」

「哀しいが、なにもしていない」

「ふむ……」

曹参は少年の応答に興味をもった。おなじ年ごろの少年にはないものを、この少年はもっている。

「すこし、きいてよいか」

曹参が顔を寄せても肥はあごを両膝のあいだにうずめたままである。無言であり、まなざしをさげている。

「哀しいので、なにもしないのか。なにもしないので、哀しいのか」

少年にむける問いとしては高度であろう。肥は身近にいる男が自分をからかっているわけではないと知って、ようやく首をうごかした。

肥の目に肩や胸にたくましさのある男がうつった。男の目もとにも活力があるが、その活力はからりと晴れわたったものではなく、微妙な翳《かげ》をもっていた。そういう翳こそ人格の深みであり知力の反映でもあったのだが、人みしりのはげしい肥にしては、はじめてみた曹参に、ふしぎに好意をおぼえた。

「哀しいことと、なにもしないことは、べつのことです」

「それは、ちがうな」

曹参は少年の友のようにかたわらに腰をおろした。人は感情と行為を切りはなして生きることはできない。もしもそれができる者がいれば、それは道術の達人か、あるいは狂人であろう。尋常の人であれば、感情を行為によって表現しようとし、行為を感情によって飾ろうとする。それが生きているということだ。

「考えてごらん。死者はなにもしない。死者をみる者は哀しいが、死者そのものは哀しくない」

曹参にそういわれた肥の目にまた涙が浮いてきた。曹参は眉をひそめ、

「父が亡くなったのか」

と、きいた。肥は首をふった。

「では、母がいないのか」

「母はいる」

「父もいて、母もいる。父か母に叱られたか」

曹参は少年の孤影の深さから、日常生活の苦痛をこえた、どうにもならない苦しみのようなものを感じとってはいたが、あえてそういって、少年の冷えきった心をあたためようとした。

「父はいても、いないとおなじです。父は母を騙《だま》したのです。わたしは人を騙す人

はきらいです。母を騙した父を一生呪います」

肥は涙をぬぐわずに立った。そのまま走りだそうとした。曹参は肥の短衣をつかみ、

「名をおしえてくれぬか」

と、ゆたかな声で肥をつつんだ。

「劉肥――」

少年は吐きすてて、顔をゆがめた。曹参は、ああ、と気づいて手をはなした。少年は走りはじめた。その小さな影を追うように雨が落ちてきた。

「あれが劉季と曹氏とのあいだにできた子か……」

つぶやいた曹参は、すばやく立って、水辺から大股の歩みで去った。


青い風が吹いている。

「風が青いな。肥よ、わかるか」

出発まえの劉邦がわざわざそういった。

肥の目にも風が青くうつった。なぜそうみえるのか、あとで考えれば考えるほど、ふしぎさがつのったが、とにかく父は青い風に送られて咸陽へ旅立とうとしていた。

呂氏の娘の娥姁と結婚した劉邦は、曹氏の家にくる回数をへらしたものの、まったく姿をみせなくなったわけではない。

結婚後、はじめて劉邦をみた曹氏は背をむけた。肥は暗い土間にすわっており、底光りする目を不実な父にむけ、

——帰れ。

と、心のなかで叫んだ。劉邦は肥に微笑してみせ、それから曹氏の背を抱き、

「怒っているのか」

と、つねにはない優しい口調で語りかけた。曹氏が劉邦の手からのがれ、両手で耳をふさぐと、くるりと膝をまわした劉邦は、自分をにらんでいる肥にむかって、

「わしは、他人のためにいのちを棄てる覚悟の男だ。自分の幸福にしがみついているわけにはいかない。好きでもない女といっしょになるということが、どういうことか、肥だけがわかってくれるときがくると信じているよ」

と、しみじみといった。

——またこの人は妄《うそ》をついている。

と、肥はするどい心で父のことばをはたき落とした。

「また、くる」

劉邦はそういって家をでて行った。実際、数日後に、劉邦はやってきて、

「機嫌をなおせや。ここにくるとほっとする」

と、いい、曹氏をなだめた。

曹氏の固いかまえがくずれた。ことばで劉邦をゆるすというまえに、からだが劉邦を容《い》れていた。いつのまにか、曹氏のほうが劉邦の機嫌をとるようになっていた。肥がもっともはげしくみじめさをあじわったのは、そのときであった。なぜ母は自分をあざむいた男をゆるしたのか。肥は怒りでからだが破裂しそうになった。母がなげき苦しんだことは、何であったのか。母とおなじなげきと苦しみに染まっていた肥は、母の姿態の変化が信じられなかった。

——母は自身をあざむいている。

もっといえば、曹氏は肥をあざむいた。つまり劉邦は曹氏の母子を騙し、その劉邦をゆるした曹氏は子を騙した。肥は両親から騙されたことになる。

ふと、肥は醒《さ》めた。

父と母とは、他人になり、男と女とになった。子の模範となり、子を教育してゆく資格のない人たちである。

また肥は泗水のほとりへ行った。

——孤児になった。

と、おもった。そのことは感情でなく認識である。肥のなかにはそういうことばはなかったかもしれないが、似たようなことは考えた。孤児はどうすればよいか。

孤児は両親もなく、天地からみはなされた者をいう。

肥はいちど左右をみた。

人影はない。

自分に声をかけてくれる人は、今日こそいない。

——孤児は生きてゆけない。

生きてゆけなければ、死ぬまでである。地表から虚空に投げあげられ、水中に沈んだ小石のように、死ぬまでである。

肥はながれに足をいれた。その瞬間、

——自分は泳ぎができる。

と、気づいた。死ぬつもりで川のなかにはいっても、苦しくなれば、泳ぎはじめてしまうかもしれない。足にためらいが生じたのは、そのせいである。

肥は腰まで水につかった。

さらに、半歩すすむと、水は胸のうえまできた。つぎの半歩が生死の境である。

肥は川面をしばらくながめた。水屍体になった自分がその川面に浮かんできた。ここにいる自分がそこまでゆくのに、まばたきするほどの時間しか必要としないが、あるいは何十年もかかるかもしれない。どちらをえらんだらよいのか。死ぬのが勇気なのか、生きるのが勇気なのか。

肥はもういちど水中に立っている自分を考えてみた。

父は偽善者であり母は諛悦《ゆえつ》者である。そのふたりから生まれた自分は、偽善をきらい諛悦をにくむ者である。自分が死ねば、この感情も消え、父母はたがいのゆがみのなかで、だらしなく生きてゆくだけであろう。この世にいるのは、そんな人ばかりではあるまい。

肥は目をつむった。

からだがわずかながらながされている。

――これが生きているということだ。

そうおもうと同時に、これが死に近づいているということだ、とおもった。ほかになにもおもわなくなった。ここで死のうとたれも何もいわないのであれば、死ななくてもたれも何もいわない。それが自分であるとわかったとき、肥は水からあがった。

家に帰ると、母はいなかった。

肥は濡れた短衣をぬぎ、自分で洗った。手もとをみつめながら、

――これも自分だ。

と、おもった。母がもどってくると肥はふしぎな快活さをみせた。曹氏はいぶかしげにわが子をながめ、やがてほっとしたようにため息をついた。

「わしの姓の劉は、晋《しん》の士《し》氏のながれであるが、その遠祖は劉累《りゅうるい》といって、龍を御《ぎょ》す官にあった」

どこから得た知識であろうか、劉邦は肥にそういったことがある。

龍を御す、というのは、龍を飼育し調教するということであろう。この世にいない動物をあつかう人がなぜ偉いのか、肥にはわからなかった。が、劉邦は自慢するようにそういった。肥は父を軽蔑した。この世で威張る種をもたない人は、過去から怪しげな種をひろってくる。そんなことをしてまで、自分の卑しさをかくし、身を飾らなければならないのだろうか。

――なさけない人だ。

身分の卑しさを自慢してもしかたがないが、ありのままの自分をうけいれて生き

てゆけばよいではないか。肥はそういわんばかりの目を父にむけた。その目をみた劉邦は、

「わしのあとを継げるのは、肥か……」

と、つぶやくようにいって顔をそむけ、呂の子はとてものになるまい、と曹氏にいった。劉邦の正妻である呂娥姁は盈《えい》という男子を産んだばかりである。盈はのちの恵《けい》帝であるが、劉邦は海のものとも山のものともわからない赤子の将来をいちはやく見切ったようないいかたをした。

肥にはふしぎに父の趣意がわかる。

——わたしをなだめようとしている。

それである。正妻の子をかろんじ、外妾の子をおもんじるようないいかたをしたのは、曹の母子にたいする諛《ゆ》辞《じ》である。が、肥の耳はするどく立っている。かれの耳では、

「この程度のことをいっておけば、この女や子どもは騙せる」

と、父がいったとしかきこえなかった。母がうれしそうに、

「肥はものになるかしら」

と、父にきくのをみて、みじめになった。

——大嘘にきまっているではないか。

いつまで騙されれば気がすむのか。母のためにそういいたかった。父のあとを子が継ぐためには、子は嫡子にならなければ正式ではない。劉邦が正妻の子を廃嫡し、外妾の子を嫡子とすれば、劉邦は自分の発言の責任をまっとうし、尊敬にあたいする人となる。だが、これまでの劉邦の生きかたを子の立場からみてきて、とてもそれは期待できない。

はじめて竹皮冠をかむって、風にむかって両手をひろげた父の姿に、いいようのない尊貴を感じたのが、なぜであるか、わからなくなった。

その父が咸陽へゆくと知って、肥はほっとした。

かつて劉邦は夫役の人夫として咸陽へつれてゆかれたのだが、いまの劉邦は夫役の人夫をつれてゆく任にある。

「それをおえて帰ってくれれば、爵が一級あがる」

と、劉邦は曹氏に話していた。

爵を受けることをめあてにゆくのである。そこにも劉邦の言動に矛盾がある。わしは無位無冠の弱者のために働く者だとつねづね劉邦はいっている。ときどき沛の高官を罵倒する。その心情の底にあるのは、強者になりたいという欲望と高位高官への羨望《せんぼう》である。

——そんな父は帰ってこなくてよい。

母にしたがって見送りに行った肥は、多くの人をみた。人夫として咸陽へゆく者の家族のほかに沛の官吏もいるようである。

母の表情が微妙に変化した。

父のかたわらに子を抱いて立っている女がいる。

——あれが正妻か。

肥はすぐにわかった。横顔しかみえないがさほど美しい女とはおもえない。

「わしは美しい女しか好まぬ」

といっていた劉邦の妄《うそ》がそこにもある。妾まみれになっている劉邦に頭をさげているる人が何人もいる。自分の子や夫が咸陽へゆくので、劉邦にあれこれたのんでいるのであろう。妾のかたまりのような男にまじめにたのみごとをしている人々が愚かにみえてしかたがない。肥は冷えた目で出発の光景をながめつづけていた。

青い風が吹いている。

——これだけがほんとうか。

人の目にみえることは妄想のなかにおき、人の目にみえぬことは真実のなかにおく。そういう父を憎みながら、多少のふしぎさも感じた。

　翌日は雨である。

　夜中、戸をたたく者がいる。

「たれかしら」

　曹氏はおそるおそる戸をあけた。人影がするりと家のなかにはいった。

「どなたですか」

　曹氏はおびえてあとじさり、肥を抱いた。雨衣をぬいだ男は、炬火《きよか》を自分の顔に近づけ、

「ご子息がご存じだ」

と、いい、目で笑った。曹参である。

「あ――」

　肥も目で笑いかえした。

　明るさが灯ったような肥の表情をめずらしくみた曹氏は、えたいのしれぬ訪問者にたいする警戒心を解いた。

「姓名を告げぬことにする。ただし先祖をたどればどこかでむすびつく者であるこ

とだけはおしえておく」

「あの……」

曹氏は問いかけるように唇をひらいた。なんとなくその唇が青い。

「だまってわしのいうことをきいてもらいたい。劉季の身に凶事がおきた」

「え――」

「沛を発った人夫たちが、逃走した」

そういわれたとたん曹氏はふたたび肥の肩を抱いた。胸が昏《くら》くなった。

「責任者は劉季であるから、当然、劉季は処罰される。が、劉季も逃げた。そうなると、劉季を逮捕するために、ここにも捕吏がくる。投獄されれば、拷問がある。劉季のゆくえを知らなくても、拷《たた》かれつづける」

「ああ――」

曹氏はうつむき、首をはげしくふり、身をふるわせた。苛酷な想像にとらわれた身ぶりであった。

「捕吏が動くのは明朝であろう。そのまえに身を匿《かく》しなさい。駟鈞《しきん》という男がいる。貌《かお》の恐ろしい俠客だが、いちどかくまった窮鳥《きゅうちょう》はいのちを張ってかばい通す男です。その男をたよりなさい」

曹参に指示された曹氏の母子はこの夜家をでた。早朝に捕吏に襲われた家は、むなしさに盈《み》ちていた。

が、捕吏の手はむなしさばかりをつかんだわけではない。

劉邦の正妻である呂娥姁を拘束したのである。呂娥姁に凶事を告げる者がいなかったということである。

「劉邦のいどころをいえ」

と、呂娥姁は烈しく拷かれた。

「知りません」

と、いえば、さらに打たれた。

劉邦にひそかに同情している獄吏の任敖は、呂娥姁をいためつけている獄吏を呼びつけ、

「いいかげんにしろ。女のあつかいを知らねえのか」

と、すごみ、こぶしで顔面を撲《う》った。その獄吏は口のなかを切ったらしく、口から血をながしたが、任敖は襟《えり》をつかみ膝で腹を蹴りあげて、

「おい、劉季を甘くみるな。あいつの手下がうろうろしている。おまえが劉季の妻を手荒くあつかっているとわかれば、明日にもおまえは泗水に浮かぶかもしれない。

死にたくなければ、手心をくわえておくことだ」

と、すさまじい形相でいいきかせた。

腹をおさえてその獄吏はくずれた。遠くから一部始終をみていた曹参は、すっかりおとなしくなった獄吏を横目でみて、任敖に、

「訴えられると、なんじも投獄されるぞ」

と、ささやいた。

「なあに、あいつは弱い者をいじめるのが好きで、それだけ肝が小さい。わしを訴えれば、ほんとうに泗水に投げこまれる。それくらいはわかっている」

「そうかな。とにかく目をはなすな」

「こころえている。それより、曹氏の母子はうまく逃げたな。劉季はまっさきに配下を曹氏の家にやったのだろうか」

「そうかもしれぬ」

曹参は心中でにやりと笑った。

「それなら、劉季の心は呂氏になく曹氏にあることになる。曹氏なら劉季のゆくえを知っているとおもわれているから、曹氏の探索はきびしくなるばかりだ」

「そうだろうな」

が、曹氏の母子をかくまっている駟鈞は官憲の手がおよばぬ組織をもっており、曹氏の母子を闇のなかで死守するであろう。そういう男とつながりのある曹参もただの獄吏ではない。

駟鈞は、いわゆる悪人である。

その正体は謎で、法の裏側にいる有力者である。劉邦のように任侠の世界で顔を売ろうとする欲望もあらわにしないだけ、ぶきみな男である。

駟鈞の素顔をもっともよく知ったのは肥であろう。

――この人は偽善者ではない。

肥が駟鈞にむけた好感はそういう理《みち》をいだいて立った。善人ぶることをしない駟鈞は、冷血のもちぬしでもあるのだが、ふしぎなことに肥に愛情をむけた。

――劉季が要らぬといえば、わしの子にしたい。

とまで配下にいった。駟鈞は曹氏の母子にしばしば顔をみせるわけではなく、配下でさえその所在のわからぬような行動をしている。はじめにかくまわれた家からほかの家に移るとき、駟鈞があらわれ、

「劉季は芒碭《ぼうとう》のあいだにいるよ」

と、曹氏におしえた。

芒も碭も県名で、いずれも碭郡に属しているものの、その位置は沛県のある泗水郡に近い。そのあたりには睢水《すいすい》という川がながれており、山もあり、巨大な岩石がつらなっており、匿《かく》れるのにまことにつごうがよい。

騶鈞はのちに、

「冠をかむった虎」

と、恐れられたように、その相貌は恐ろしげで近づきがたいふんいきをもった男なので、曹氏ははじめ、

——なにをされるか。

と、身をすくめていたが、いちはやく肥が騶鈞になついたのをみて、徐々に不安をぬいでいった。

騶鈞の年齢はわかりにくい。四十歳になるかならぬかというところではあるまいか。それより若いということはあるにせよ、それより老いているということはなさそうである。曹氏の目にはそうみえた。その騶鈞が、

「始皇帝が死に、二世皇帝の世になった。が、今年は何かがある。大事件がある」

と、断言した。

かれは曹氏の母子のほかに秦の法の網にかからないようにかくまっている者が数

人いる。

――くだらない法律だ。

と、翳鈎はおもっている。たとえば連座がそれである。五戸または十戸をひと組にしてたがいに監視させ、その組から犯罪者がでれば、ほかの者も罰せられる。その組のなかで犯罪が生じれば、申告しない場合、腰斬《ようざん》の刑に処せられ、隠蔽《いんぺい》した場合は、戦争において敵に降《くだ》ったとおなじ罰がくだされる。その罰というのは、誅殺《ちゆうさつ》されたうえに家財が没収されるのである。他人がおこなったことでそんな目にあってはたまったものではない。

それは秦の法律のほんの一部である。

逃匿《とうとく》する者が各地で続出しているのもうなずける。秦は法で人民をしばろうとするあまり、人民を失っているのである。

国家の法をこばんだ者は無法者となる。しかしながら法に非があり、法からのがれたことに正当があると感じている者はすくなくない。おのれの正当を実証したければ、逃げ匿れをつづけるのではなく、法に立ち向かわねばならず、国家に挑戦せざるをえない。

始皇帝は昨年の七月に旅行中に亡くなっていたのに、二世皇帝はそれをかくし、始皇帝が後継者として指した公子扶蘇《ふそ》に無実の罪を衣《き》せて殺し、後宮の女で子のない者をすべて殉死させ、始皇帝陵の内部のしかけをつくった工人たちをなかにとじこめて殺した。二世皇帝は自分の即位が虚偽のうえにあることがわかっており、その虚偽をあばく危険性をもっている者をつぎつぎに殺しはじめている。さらに、自分の弱点をおぎなうため、法令のうえに法令をかさねるといった酷虐《こくぎゃく》の形相を人民にみせはじめた。

――始皇帝よりむごい。

それがわかった人民はどうするか。

「強いということは、むずかしいことだ。わかるか、劉肥よ」

と、駟鈞はいった。強すぎると、そのすぎた部分が、おのれをそこなう。百戦し百勝した呉起《ごき》という将軍がいたが、かれは内乱によって斃《たお》された。強すぎるとみえるものはかならず内が弱い。二世皇帝もおそらくおなじであろうよ、と駟鈞は肥におしえた。

肥は駟鈞のいうことは素直にきけた。

この年の七月、泗水郡の蘄《き》県で陳勝《ちんしょう》と呉広《ごこう》という者が叛乱の兵をあげた。その兵が睢水にそって西北にむかうと劉邦の匿れている地帯を通ることになるのだが、もうすこし西よりの道をえらび、陳《ちん》県をめざした。

駟鈞の耳にその叛乱のあらましがとびこんできたとき、叛乱軍は予想以上にふくらんでいた。

――あわてるな。

と、駟鈞は自分にいいきかせた。叛乱に加担するのは、あとのあとでよい。秦軍を甘くみるとひどい目にあう。

劉邦が潜伏場所をでて沛県のほうへじりじり近づいていることもわかった。

――早すぎやしねえか。

駟鈞の独得の勘では劉邦の反応が早すぎる。立ちあがるのはもっとゆっくりでよい。

駟鈞は冷静である。そのうち、

「張耳が陳勝の軍に加わりましたぜ」

と、手下が報せにきた。

――張耳は生きていたのか。

千金の懸賞をともなった追及を、ついにふりきった張耳が、姿貌《しぼう》をあらわしたのである。

「おもしろくなった」

と、駟鈞がいったころには、叛乱軍は陳県に迫っていた。あちこちの郡や県では長官が殺されるようになった。郡や県のなかで叛乱が勃発するようになったのである。

九月になると、沛県の令が殺され、劉邦が入城したと報せにくる者があった。各地の叛乱の規模が巨大になり、沛も劉邦を擁して兵を発するという。

「曹参のかわりに、曹氏の母子を迎えにきた」

と、いったのは任敖である。

「劉季は県令になったのかい」

「そうだ。劉季は三千の兵を率いることになった」

「では、劉季にひとつ助言がある。陳王（陳勝）の軍にいそいで加わることはない。そう伝えてくれ」

任敖はわずかに考えてから、

「わかった」

と、いった。駟鈞はこのときまで各地の叛乱のことを肥におしえず、劉邦の行動についてもあえて伏せてきた。肥が劉邦のゆくえをききたがらないことがわかったからである。しかしここでは話さざるをえない。劉邦が沛の県令となり、沛公とよばれるようになったというと、肥は顔をゆがめた。その沛へ帰ると知った肥は、

「帰りたくない」

と、はっきりいった。母は帰っても自分は駟鈞のもとにとどまる、と訴えるようにいった。曹氏はおどろいて肥をみつめたが、駟鈞は微笑をみせ、肥の手をひいて、曹氏と任敖に声がとどかないところで、

「肥よ、わしは妄《うそ》がきらいだから、はっきりいう。劉季は沛の人民にかつがれて将となったが、こういう大乱を鎮める者は、うしろからおもむろに起《た》つやつだ。劉季の挙兵は早すぎ、おそらく戦乱のなかで斃れる。そのときは、わしのところへもどってこい。わしとふたりで、天下を平定しよう」

と、肥の手をはげしくにぎり、小声でいった。

「はい――」

肥の目がかがやいた。

王朝をくつがえすほどの叛乱に主流がみえてくるのは、蜂起が淘汰を経てからで

ある。

革命の主流とみえたものも、時がたてば、傍流として消えるだけの命運しかもてないことが多い。

「陳王は犠牲《いけにえ》よ」

天命が革《か》わるとき、天にむかって人民がささげなければならぬ犠牲が、陳勝という叛乱の主導者だと騶鈞は肥におしえた。

——天は鬼神より力があるのだろうか。

沛にもどった肥は天空をふりあおいだ。

「鬼神をうやまえ」

と、父の劉邦はよくいっていた。ひごろの劉邦に似つかわしくないそのことばが肥の胸で生きている。鬼神が天より力が劣るのであれば、天意を争ってもとめるような戦いで、劉邦は天意にそう者に敗れるであろう。咸陽へ旅立つ劉邦にむかって、

——帰ってこなくてよい。

と、肥は憎しみをみせた。はたしてそのようになった現状にとまどっているというのが肥のいつわりのない心境であった。

戦いをつづけている父がいそうな方に、

——死ねばよい。

と、叫ぶことはできなかった。が、父はいつか斃れる。そのときは自分が将となって、父を殺した者を討つ。それだけを考えて肥は自身の成長を俟《ま》った。

沛には任敖がいた。

劉邦が三尺の剣をひっさげて沛をでた年からかぞえて四年後に、劉邦は沛の南方にある彭城《ほうじょう》（徐州市）にはいったが、劉邦にとって最大の敵である項羽《こうう》によって、劉邦の軍はこなみじんに破られた。

「逃げるのです」

曹氏の母子にそう告げにきた者がいる。任敖はすでに劉邦の命令で上党《じょうとう》郡の郡守となり、沛にはいない。

「あなたは——」

急報をもってきた者は見なれぬ顔なので曹氏は怪しんだ。

「駟鈎の下にいる者です。どうぞご安心を」

「そうですか……」

曹氏は肥の意見をもとめるようにふりかえった。駟鈎の使いが本物であるかどうか、曹氏にはみわけることができない。息子の目にたよった。

肥は十代のなかばにさしかかっている。

時代が人の成長をはやめているといってよい。人は自分の判断をあやまれば死ぬ。そういう時代である。疑いつづけても、信じつづけても、生きにくいというのが戦乱の世の環境である。この場合は、

——速断が要る。

と、肥は直感できめた。かつて曹参が危急を報せてくれたときに状況が似ているような気がした。肥は母のまえにでて、

「父に凶事があったか」

と、男をみすえていった。男は肥の眼光をさけるように、いちどうつむいたが、目をあげたとき眉宇《びう》の表情が一変していた。胆気の勁《つよ》さがでていた。

——騶鉤の配下にまちがいない。

これも直感である。

「はっきりとはわかりかねますが」

「父は死んだか」

「かもしれません」

「そうか……」

肥は母の手をとった。路傍には累々と兵士の屍体がつらなっているときである。毎日、何千、何万という人が死んでゆく。父がそのひとりになったところで、むかしほどの衝撃はない。それに年月が父をますます遠い人にしている。母にとっての劉邦と肥にとっての劉邦はほとんど別人といってよい。母の手に力がない。父が死ねば、この手はおそらく生きることをあきらめるであろう。それでもその手を曳かなければならぬのは、子としてのつとめである。

「どこへゆくかは問わぬ。つれていってくれ」

「かしこまりました」

曹氏の母子は駟鈎の配下に先導されて沛をでた。

ややあって呂氏の家族も脱出の支度にとりかかった。おくれといってもわずかでしかないが、劉邦の老父母と正妻である娥姁は逃げおくれたかたちになり、北上してきた楚兵に捕捉され、項羽の人質になった。かれらはおよそ二年半後に劉邦のもとにかえされたが、そのあいだ生きたここちがしなかったであろう。とくに呂娥姁は、

——なにゆえわたしはこんなむごい目にあうのか。

と、自分の間《ま》の悪さを呪ったにちがいない。夫の劉邦が逃げるたびに、呂娥姁は

捕らえられ、恐怖にさらされる。

間が悪いといえば、たしかにそうであった。

彭城で項羽の奇襲に遭った劉邦は、生きのびようと必死で西へむかったが、項羽配下の楚軍の追撃が急で、睢水のほとりで包囲された。三重の包囲である。万事休すとはそのことであろう。

劉邦の身にはふしぎなことがかずかず起こっているが、ここで起きたことが、もっともおどろくべきことではあるまいか。

項羽に降伏するしかない劉邦を救ったのは、人ではない、風である。

にわかに大風が西北より生じた。

木を折り、家屋を壊し、砂石を揚げるというすさまじい風で、そのため蒙々《もうもう》とあたりが晦《くら》くなり、その風にむかって陣を布いていた楚軍は大いに乱れた。

——天祐とはこれか。

劉邦は数十騎とともに死地をのがれた。それから北にむかい、沛にも人をやって父母妻子をさがさせたのだが、けっきょく逃走の途中で発見したのは、呂娥姁が産んだふたりの子だけであった。

歴史は皮肉な様相をみせる。戦えばかならず勝つという項羽が、ただ一度の敗戦によって死に、戦ってもかならず勝つとはかぎらない劉邦が天下を制した。

劉邦は王となってもかむりつづけた竹皮冠をついにはずして皇帝の旒冕《りゅうべん》を頭にのせた。ほとんど同時に肥の頭に王の冠がのった。正確にいえば六郡七十三県という大邦が肥にあたえられ、

「斉王」

として立てられた。

祝賀の使者があちこちから肥のもとにやってきた。そのにぎわいが尽きたころ、肥はかたわらにいる駟鈎に、

「わしは喜ぶ気になれぬ」

と、こぼした。

駟鈎は肥を守りぬいたことにより結果的に劉邦を援《たす》けたことになった。闇に沈んだままであるはずのかれの侠気が、肥とかかわったことで、おもてにあらわれたのは、駟鈎の本意であったかどうか。肥とのかかわりはそればかりではない。駟鈎の娘は肥につかえ、子を産んだ。生まれた子は肥のあとを継いで斉を治めることにな

る哀王《あい》である。つまり駟鈞は肥の輔佐であると同時に舅《しゆうと》になっていたのである。それだけに肥は忌憚《きたん》なく駟鈞にものがいえる。

「父はむかし斉をきらっていた。斉は秦とむすび、秦が各国を滅ぼすのを援けたといきどおっていた。その斉をわしがさずかったのは、どういうことか、わしにはわかっている」

肥は劉邦が顕貴の高みにのぼってゆくまえに、感情の底にあったものを知りぬいている。幼い耳で記憶したことは忘れない。その記憶をあらたにするまでもなく、

——父は虚妄を生きた。

と、おもう。劉邦は斉を憎む以上に秦を憎んでいた。それにもかかわらず、劉邦は秦の遺民を手なずけ、かれらの支持を得て天下を取った。唾棄《だき》したくなるのは、王朝名である。

「漢《かん》」

という。漢は漢中《かんちゆう》のことで、つまり秦なのである。

劉邦は沛の出身でありながら、東方の色を棄《す》て、西方の色でおのれを塗りかえ、秦王朝の後継者であるような顔をした。それを非としたのは項羽ただひとりであろう。項羽は自分の感情に虚偽も装飾ももちこまず生きようとした。だが、項羽はそ

れゆえに死んだのか。

　肥は駟鈞をみつめ、

「父は斃れなかった。天下は定まった。わしとなんじの夢も潰《つい》えたな」

と、語気にむなしさをふくませた。

　駟鈞は幽かな笑いをかえした。

「王の目には天下が定まったとみえますか。わしの目にはそうみえない」

　この男のこころの底の底には、陳勝も項羽も劉邦さえも、時代を修祓《しゅうふつ》するための犠牲であるという考えが、なまぐさみをうしなわないで残っている。

「大きな声ではいえぬが、皇帝が亡くなれば、呂氏の子では天下がゆらぐ。王は呂氏と戦うことになる。そのときまで、斉で力をたくわえておかれることです」

と、駟鈞は勧《すす》めた。

　いま呂娥姁は呂后《りょこう》とよばれ、その子の盈は十歳である。盈が太子であることにはちがいないが、豪気のきざしをみせぬ少年で、優柔であることが劉邦の気先に適《あ》わない。劉邦にもっとも愛されている子は、たぐいまれな妍好《けんこう》をそなえた戚《せき》夫人の腹から生まれた如意《じょい》である。この男子は六歳である。劉邦がその母子を溺愛していることをみれば、嫡流がどこへゆくか、まだわからないのである。

──大魚を網でからめるためには、引くことだ。

大魚は深海にいる。その大魚に気づかれぬように網をひろげるためには、自身が大魚の近くにいてはならぬのである。遠くへ引き、大きな網をつくる。斉への赴任はそれである。

「わかった。斉へ往く」

肥は母をともない、宰相の曹参以下の群臣をしたがえて、首都の櫟陽《れきよう》を去った。長安《ちょうあん》に首都が遷《うつ》るのは翌年である。

「韜晦《とうかい》とは、自他をあざむくことではありませんぞ」

と、駟鈞は肥におしえた。

自分の器量や才能をかくすことは、大事にそなえるためのもっとも賢いやりかたである。徳や力はたくわえねばならぬ。自己をはやくからあらわす者は、時のながれに摩耗《まもう》させられるのがつねである。

「大業をめざす者が、もっとも恐れねばならぬのは、人ではなく、時です」

駟鈞はくりかえしいう。

世にあらわれた者は、独自の時をうしなう。いわゆる時勢に乗り、ながされる。

それは自分をそこなうながれである。大業をなす者は、時を創《つく》るのである。

「徳声が中央にきこえすぎるのも用心しなければなりません」

肥の威徳が高くなりすぎれば、中央では目ざわりになる。自分の子のためにひそかに後継争いをしている呂后と戚夫人は、肥をあらたな敵とみなし、どんな讒言《ざんげん》をおこなうかわからない。

「わかっている。わしは外をみず、また内のことも曹参にまかせよう」

と、肥はなにもかものみこんだような表情を驅鈎にむけた。

聴政において自我をむきだしにせず、宰相の意向にさからわなかった。曹参は用心してかからねばならぬ人物ではない。多くの言をついやさなくてもわかりあえる情素をたがいに保っている。

――わしはなにもしていない。

曹参の顔をみると、かつて泗水のほとりで声をかけてくれた曹参にむかっていったとおなじことばが、胸のなかに湧いてくる。ふたりの近くに川がながれているわけではない。そのかわり、時がながれている。そのながれに投げこむ小石も手もとにはない。その哀しさは、肥の胸にとどまっているものなのか、曹参の理解のうちにあることなのか。曹参の表情からでは読みにくい。

——これも韜晦か。

だが、この男はわしに不利益をもたらすことはけっしてない、と肥は信じている。日に日に曹参の賢名は挙《あ》がってゆく。

「それでよい」

と、肥は自分にいいきかせている。時のながれに必死の身をひたす機運をしずかに俟《ま》つしかない。

肥はどちらかといえば感受性の鋭さをもっており、感覚が烈しく立ってくるようなときは、自分をなだめるため、酒と女を愛した。

——父に肖《に》ている。

と、気づくとぞっとした。美しい女がもっている風情は、寒光しか射さない肥の心象を豊かにし、なぐさめてくれた。愛妾の数をふやすたびに、父のさびしさがわかったものの、父のさびしさと自分のさびしさとはちがう、と反発した。

肥の子はけっきょく十人にのぼるが、その数は多くも少なくもなく、女色に淫《いん》したわけではなさそうで、ある節度と精気の所在を感じさせ、劉邦の子の多くがもっている耽溺《たんでき》の癖《へき》からまぬかれている。

斉王・肥は名君なのか暗君なのか、中央からは看破しにくかった。わかっていることは、斉はよく治められていることで、それも、

——曹参がいるからだ。

と、みなされた。が、国の安定はひとりの賢相の器量のもとにおさまるものではないことを知っている者は、

——あるいは斉王は、皇帝の御子のなかで、英抜《えいばつ》なのではあるまいか。

と、ひそかに考えた。だいいち斉王の支配地の恢大《かいだい》さはどうであろう。天下の六分の一が斉なのである。地産は豊かで、国力は他の国とくらべて十倍もまさる。

その斉王・肥が静閑《せいかん》を払って、立った。

劉邦の天下平定を援けた豪傑というべき黥布《げいふ》（英布《えいふ》）が、突如、叛乱の兵を挙げた。黥布の本拠は淮水《わいすい》の南の九江《きゅうこう》であり、叛乱軍は淮水を渡り北上するとおもわれたので、劉邦は肥にたいして、

「出師《すいし》せよ」

と、命じた。劉邦はみずからひきいる軍と斉軍とを合流させ、叛乱軍の北上を阻止する作戦を立て、東方にむかった。

車兵と騎兵とをあわせて十二万という大兵をひきいる肥は、

「少々、あばれてくる」

と、駟鈞にいった。

「ほどのよさが肝要です。なにごとも曹参におまかせなさることです」

「そうはゆかぬ場合がある。戦場だからな」

肥はきかぬ気をみせた。

「天命をむだづかいなさらぬことです」

駟鈞は肥をなだめるかわりにそういった。

「ふむ……」

ふたりで天下を平定するといったことを、このときになっても駟鈞は忘れていないようである。肥が皇帝になれば、天下を取ったことになる。目にみえぬ駟鈞の策謀は継続している。

――なるほど駟鈞は妄《うそ》をいわぬ。

だが、正直でありつづけることは人を鬱紆《うつう》にさまよわせる。自他を裏切るまいとすればするほど楽しまなくなる。父の劉邦のように妄をつきつづけなければ、とても心身がもたぬ、そんな気もする。

聖人とはかけはなれた存在である父に、どうして天命がくだったのか。

肥はそんなことを考えながら西方へむかった。

黥布は、老いた劉邦がまさかみずから兵をひきいてくるとはおもわなかったらしい。かれの軍は淮水を渡り、蘄《き》県の西にある会甀《かいすい》で、漢軍と斉軍の連合軍と決戦し、大激戦のすえに敗退した。黥布は敗走ののちに横死するが、劉邦と黥布の決戦の地に近い蘄県が、じつは秦王朝をくつがえすことになった陳勝の乱の発生地であることをおもえば、そのあたりでひとつの時代がはじまりおわったというふしぎな符合が感じられる。

その戦いで劉邦はながれ矢にあたった。

たれが放った矢かわからぬ矢が、劉邦の軀《からだ》に立った。

ふわりと虚空に浮かび、ゆっくり近づいてきた矢である。避けようとすれば容易に避けられるはずの矢であるのに、劉邦は身動きしなかった。身動きできなかったといったほうがよいかもしれない。その矢をすぐに抜き棄てた劉邦は、

——なんのことはない。

と、おもった。わざわざその矢があたるように立っていた自分を、わずかにいぶかっただけである。

黥布の軍の潰走をみた劉邦は、猛然と南下しようとしている肥に使いをおくり、

「あとは曹参にまかせて、なんじはわしの従《とも》をせよ」

と、引き揚げを命じた。

使者に接した肥は、一瞬、憤懣《ふんまん》をみせたがたちまちそれを微笑のなかに融《と》かし去った。

劉邦は肥をしたがえて沛に立ち寄った。

県民あげての大歓迎のなかで劉邦は、かつての慷慨《こうがい》をよみがえらせ、いまの感傷にひたり、知人、旧友ばかりを集めた席では、みずから筑《ちく》を撃って自作の詩を歌った。

——大風起《おこ》りて、雲飛揚《ひよう》す。

父の声をきいているうちに肥は、青い風をおもいだした。劉邦もそれを忘れていなかったらしく、沛に滞在しているあいだに、

「風は何色をしているか」

と、肥にきいた。

「あのときの風は青でしたが、いまは白くみえます」

「そうか。白い風は実りをもたらす。わしはまもなく玄天《げんてん》に去ることになろう」

肥ははっと目をあげた。

「なんじは幼いころ、わしが竹皮冠をかむった姿をみて、拍手をしてくれたな。手を拍《う》つことは祈ることだ。なんじの手が天神を招いてくれたのかもしれぬ」

「父上……」

「わしが亡くなったら、帝位を簒奪《さんだつ》する者がでよう。劉氏以外の者が帝位に即《つ》いたら、それがいかなる者であっても、討ち果たせ。なんじには正義をおこなえるだけのものは与えてある。なんじの気性は、わかっているつもりだ。正義をおこなって、帝位に即くのなら、それもよい」

劉邦はそういったが、それが肥にたいする遺言になった。

この年、劉邦は矢傷がもとで崩御《ほうぎょ》した。

劉邦の正妻である呂娥姁の専横がはじまりつつある。

劉邦が生きていたころは呂后とよばれ、亡くなったあとは、二代目の皇帝の生母であるということで呂太后とよばれる。

呂太后がまずおこなったのは、劉邦に愛しぬかれた戚夫人を捕らえ、その子の如意を招いて毒殺し、戚夫人を惨殺したことである。

その伝聞に、肥の母の曹氏はふるえあがった。

「呂太后は母上に手をだすことはありますまい」

と、いって母の恐怖を薄めようとした肥にも不安がないことはない。呂太后がほかの妃妾を憎悪する程度ははかりしれない。それについて曹参の意見をもとめた。

「もとはといえば、曹氏が皇帝の第一の夫人です。呂太后に怨まれるすじあいはありますまい」

と、曹参は断言した。呂太后の憎しみは自分よりあとに夫の寵愛をうけた女にむけられているというのである。

翌年、曹参が斉を去ることになった。皇帝を輔佐する相国である蕭何《しょうか》が亡くなり、後任に曹参がえらばれたのである。曹参のかわりに斉に着任し宰相となったのは召《しょう》平《へい》である。

「呂太后の息がかかっている男ですから、気をゆるされぬことです」

と、駟鈞は肥に忠告した。

「よくわかっている。それより、新皇帝を祝賀せねばならぬ。曹参が帝都にいるのであるから、大事はなかろうとおもうが、どうか」

「さて、どうですか。蕭何がいても、趙王（如意）は殺されましたからな」

「しかし祝賀にゆかなければ、痛くもない腹をさぐられる」

「そうですな。せいぜい用心なさることです」

駟鈞は念のため曹参に使いをだし、呂太后の悪感情が曹氏（曹夫人）にむけられていないことをたしかめてから肥を送りだした。

ところがである。

宴会の席順がおもわぬ危難を肥にもたらした。

肥は恵帝（盈）にすすめられて上座にすわった。家族の礼では長兄が上座にすわるのは当然のことである。その宴会はいわばうちわの宴席なので、肥は弟たちを上座からながめていた。恵帝はまだ十八歳である。優柔な感じがどことなく残っている。

この宴会の主催者は呂太后である。首座には呂太后がすわっている。

目の光が妖しくなった。肥をにらんでいる。やがて人を呼び、耳うちをした。

しばらくすると、肥のまえにふたつの卮《さかずき》がおかれた。呂太后は目にあった妖しい光を口もとにさげ、

「斉王は酒が強いときいた。その酒を干《ほ》してくだされや」

と、妙なやわらかさを口ぶりにあらわして、酒をすすめた。

「それでは」

なんの疑念ももたずに肥は両手で卮をとろうとしたところ、ひとつの卮がうごいた。横から手がでて、その卮はうばわれた。

――無礼なことをする。

みれば、恵帝であった。

「献杯なら、わたしにもさせていただきたい」

「ふむ」

不快の面もちで、肥は立ち、卮を挙げようとした。が、立ったのはこのふたりだけではなく、さっと顔色を変えた呂太后も立ち、無言で恵帝にぶつかり、卮をくつがえした。いかにも不自然な動作なので、

――呂太后はご気分でも悪くなられたのか。

と、とっさにおもったが、恵帝の目をみてぞっとした。その目は、

「卮を棄てなされ」

と、訴えているようである。

――あっ。

と、気づいた肥は、たらたらと酒をこぼし、

「ああ、不覚、ずいぶん酔ったらしい。失礼つかまつった」

と、卮をゆらりと落とし、足もとをわざと乱して、宴席を去った。

邸にもどった肥は頭をかかえ、

「席順ごときで、わしを毒殺しようとする。呂太后はなんと恐ろしい人か」

と、側近にもらした。宴席での事情を知らぬ側近は、色めき立ち、真相をさぐるべく四方に走ったところ、やはり宴席では酖毒《ちんどく》がつかわれたことをつかんできた。

肥は恵帝にいのちを救われたのである。

「だが、長安を去れぬ」

肥の憂心はそこにある。長安を去るには呂太后の許可が要る。肥をいちど殺そうとした呂太后は、いちどの失敗で肥を放つようなことはしない。殺すまで肥を長安にとどめるであろう。虎口に身をさらしている肥は夜もねむられなくなった。曹参との連絡もとれなくなった。邸外に役人が立つようになった。

——こんなところで、わしは死ぬのか。

くやしいとしかいいようがない。

呂娥姁という女はいったい何であるのか。劉邦のために、むごい目にあいつづけてきた女である。たしかにそうともいえるが、肥は自分の母のほうが不幸であるとおもった。それにもかかわらず母は復讎《ふくしゅう》などというおぞましいことを考えたこともない。ふたりの女のちがいはどこにあるのか。

肥は闇のなかで考えた。

――呂娥姁は虚妄のない人だ。

想到したことはそれである。呂娥姁は自分をいちどもうしなわず、自分でありつづけた。これほど正直な人もいない。ところが社会や組織のなかで、そういうありかたはべつの相貌をもつ。純粋さは残酷をもつ、ということである。

肥の母は劉邦の欺罔《きぼう》に身をゆだねた。そういう自己を自己だとおもいこんだ。その時点で、本来の自分をうしなっている。

――どちらの女の生きかたが良いのか悪いのか。

いや、自分の生きかたさえもわからなくなった、と苦悩した。

部屋の闇が破れた。灯がはいってきた。

肥の命令をつかさどっている史官が内史である。

内史《だいし》の勲《くん》である。

この男が妙案を献じにきた。

「太后を喜ばせればよい」

と、いうのである。呂太后に人への愛が欠如しているわけではない。ただしその愛は自分が産んだふたりの子に集中している。ふたりの子のうち、ひとりは恵帝の妹の魯元公主《ろげんこうしゅ》である。魯元公主を喜ばせれば、数倍の喜びとなって呂太后にのぼってゆく。呂太后とはそういう人なのである。

「王は自領のうちの一郡を太后にたてまつり、公主の湯沐邑《とうもくゆう》になさいませ。それで王のご心配はなくなりましょう」

肥は跳ねあがった。

この策はみごとにあたった。

呂太后は別人のごとき容色をむけ、帰国を許すにあたり、斉王邸で大宴会をひらいたのである。

肥は虎口をのがれた。

斉に帰還した肥は、さっそく駟鈞に、

「帝位を簒奪する者は呂太后であろう。劉氏でない者が帝位に即けば、それがいかなる者でも討ち果たせと高祖皇帝からおゆるしをたまわっている。なんじのいう、天下平定はまだだ、という意味がようやくわかった」

と、はげしくいった。

駟鈞は多くを語らず、

「ご自愛なさいませ」

と、いった。

それから四年後に、肥は病におかされた。ついに立てぬとわかった肥は、子を枕頭に集めて高祖皇帝の遺言をきかせ、死に臨《のぞ》んで、

「わしは哀しげにみえるか」

と、駟鈞に問うた。

「いえ……」

と、こたえた駟鈞には肥の問いの意味がわからなかった。駟鈞の目にはじめて虚無が浮かんだ。

肥の問いの意味がわかる曹参はすでに昨年この世を去っていた。

宮室の外で風が落ちた。

# 満天の星

満天の星である。

「おなじ星の下に咸陽《かんよう》もあるのか」

そうつぶやいた儒服《じゆふく》の男は、叔孫通《しゆくそんとう》という。

山東の薛《せつ》県では名の知られた儒者で、県の長官の推薦により、秦《しん》の王都である咸陽へ往くことになったのである。ちなみに通はあざなで、何《か》が名であるらしい。

月はなく、風もない。

夜の空気が澄みきっていて、燦々《さんさん》たる星の光をあびていると、荘厳な気分になってくる。

「夫子《ふうし》——」

背後で門弟の声がした。が、叔孫通は目をあげたままうごかない。低い足音が迫ってきた。

「夫子、そろそろおやすみになりませぬと……、明朝のご出立は早いと……」

「わかっている」

わずかに不機嫌さを声にこめた叔孫通は、弟子にさとした。いま自分は星をみあげて静かに考えごとをしていた。それは、星と対話していたともいえる。星は賓客《ひんかく》にひとしかったのである。いま自分のまわりに壁はなく、当然部屋もないが、師が賓客と対話している部屋に弟子がはいろうとする場合、いきなり夫子とは呼ばずに、咳ばらいをするではないか。夫子と呼ばれたことによって、想念がにわかに崩れてしまった。礼というものは、行儀作法をもふくんではいるが、もとをただせば、宇宙の原理なのである。人ばかりではなく万物を成り立たせているのが礼である。その礼を会得するために、自分と他人とを同時におもいやる仁義という理念が不可欠になる。

「なんじがわしの身をおもって声をかけたのはよくわかる。が、咳ばらいひとつのほうが、仁義に篤《あつ》く、礼にかなっているとはおもわぬか」

そういわれた弟子は、再拝した。

この弟子は門下にあって俊秀《しゅんしゅう》で、それだけに厳重《げんちょう》な言をむけるときがある。が、叔孫通は厳師にはあたらないであろう。かれは若いころ魯《ろ》におもむき、儒学の純理を学んだが、古色にただれたようなその理論に距離をおき、荀子《じゅんし》の学説をうけつぐ者にも学んだあと、一家を興《おこ》した。

——高山に登らざれば、天の高きことを知らざるなり。

と、荀子は述べたが、まさにそうで、学者とて実際に登山をしなければ、天のことはわからない。現今の学者が述べているのは、観念のなかの高山であり天である。いわば死学である。儒学の発生は古いが、いまの世に活用できないはずはない。諸学をながめてみても、儒学にまさる学理をそなえたものは、ひとつもない。

それらのことを考える叔孫通の頭はやわらかく、弟子にとっても親しみやすい師なのである。

この師が県の長官の推挙により咸陽へゆくときいた弟子の大半は、

「師が博士の官に任じられれば、われらも早晩官途がひらかれる」

と、笑いさざめいた。が、ひとりの高弟は愁眉をつくり、叔孫通に諫言《かんげん》を呈した。

「孔子《こうし》はこのようにいわれました。天下に道があるときは、礼楽と征伐は、天子より出《い》ず、と。あるいは、このようにもいわれました。陪臣が国命を執《と》れば、三世にして滅亡しないことは希《まれ》である、と。いま秦の始皇帝が天子でありますが、礼楽は熄《や》んでおります。きくところによりますと、荀子の弟子であった李斯《りし》が丞相《じょうしょう》となるや、その権勢はならぶ者がなく、富貴をきわめております。まさに陪臣が国命を執っているのではありますまいか。李斯の性情たるや酷薄で、舎人として仕え、大いに推挽《すいばん》してくれた文信侯《ぶんしんこう》（呂不韋《りょふい》）が失脚したおりには救解せず、同門の韓非子《かんぴし》の英才を憎んで譏言《ざんげん》をおこない殺したともきこえております。もしも師が始皇帝に仕え、その才徳があきらかになれば、李斯の毒牙にかからぬことがありましょうや。なにとぞ咸陽へゆかれるのは、ご再考ください」

ことばのひとつひとつにこめられた真摯《しんし》さに叔孫通が打たれたことは事実である。その高弟が、かたわらで星の光をあびている。

「君子が天下で生きてゆくには、こうでなくてはならぬというわけでも、こうあってはならぬというわけでもなく、義に比《した》しんでゆけばよいと孔子はおっしゃった。義とは、人へのおもいやりである。いまのところ、わしはそれしか考えておらぬ」

と、叔孫通はいったが、この男はそれほど淡白な性質ではない。いまの世はたしかに律令《りつれい》が最優先となっている。が、礼を興す道がまったくないのか。そのあたりを、咸陽へゆき、さぐってみたい。

家にもどったとき、高弟が小さな哂《わら》いを放った。

「咳ばらいではなく、鼻哂《びしん》を放つとは、さて……」

「失礼をいたしました。急に奇妙なことを憶いだしましたので」

「その奇妙とは」

「夫子のお耳に達すれば、奇妙でなくなるようなことです。ご放念ください」

「そういわれると、ますます知りたくなる」

叔孫通は催顔《さいがん》をつくった。

「では、申します。夫子は竹の皮の冠をごらんになったことがございますか」

「竹皮冠《ちくひかん》か」

「たまたまそれを作っているところをみましたので、たれに頼まれたのかきいたところ、となりの郡である泗水《しすい》郡の沛《はい》県の亭長がかむるとのことでした。竹皮冠を頭にのせて勤務する男は、滑頭《かっとう》というべきか滑脱《かつだつ》というべきか、さぞや風変わりであろうと想像したしだいです。あるいは、竹皮冠には趙《ちょう》の武霊《ぶれい》王が愛用した鶡冠《かつかん》のようないわれがございますか」

鶡という山鳥がいる。その鳥の性質は強頑《きょうがん》で、いちど戦えば死ぬまでやめない。趙の武霊王は趙の兵制をあらため、兵車を削減し、直接に馬に乗る兵を重視して、そのために軍服に胡服《こふく》を採用し騎射をおこなわせた王として有名であるが、かれはみずからの勇敢さを誇り、鶡の性質を愛し、その鳥の羽で冠をつくらせ常用した。

むろん叔孫通はそのことを知っている。

が、竹皮冠を愛用した王については心あたりがない。竹皮冠は南方の人が嗜《この》む、いわゆる南冠のひとつかもしれぬ、とおもった。

「楚《そ》では、竹を折って、その年の豊歉《ほうけん》を占うことをする、ときいたことがある。そんがいその亭長は迷信深いのかもしれぬ」

と、叔孫通は感じたままをいった。まさかその亭長が、後年、風雲に馮《の》って天下を臨《のぞ》む男になろうとは、叔孫通ばかりか、たれもおもっていないころである。

長城という長大な防御壁を出現させたのは秦ではない。

戦国時代の中期に、秦の脅威をひしひしと感じた魏《ぎ》の国がはじめて築いたものであろう。その後、ほかの国もおなじようなものを造った。秦が中原《ちゅうげん》の諸国を滅ぼしてしまうと、中原に残った長城は交通のさまたげとなり、とりこわす必要があったが、燕《えん》や趙といった北の国が造った長城は、活用の途があった。戦争は中華から消えたが、北朔《ほくさく》で猛威をふるいはじめた匈奴《きょうど》の南下をふせぐためにつかえるということである。

叔孫通が咸陽へむかっているこの年、秦は名将の蒙恬《もうてん》に三十万の兵を属《つ》け、北方に進撃させ、匈奴を逐斥《ちくせき》させ、さらに旧《ふる》い長城を修築させ連結させた。その長城は、渭水《いすい》の水源のある隴西《ろうせい》郡の西南の端に近い臨洮《りんとう》から蜒々《えんえん》と伸びて、朝鮮半島に近い遼東《りょうとう》に達するという、世界史上でももっとも長い城で、史書に、

——延袤《えんぼう》万余里。

と、書かれるように、その袤《なが》さから万里の長城とよばれる。

咸陽から遠いところでおこなわれたその大事業について、叔孫通の意識はおよばなかったが、咸陽の宮殿の空前絶後といってよい壮麗さには、あいた口がふさがらなかった。

秦は一国を滅ぼせば、その国王が住んでいた宮殿とおなじ建物をつくった。秦をのぞく大国は六あったわけで、それらを咸陽の南の北阪《ほくはん》のあたりにつらねた。また、

「天下の豪富《ごうふ》が十二万戸も咸陽に徙《うつ》った」

と、叔孫通はきいていたが、力のある者と富める者とがあまねく咸陽に移住させられたのであるから、帝都の殷賑《いんしん》ぶりは名状しがたいほどである。

「これらすべてが唯一人のためにあるとしたら、これほど虚しい都はないとおもわれます」

と、高弟は呆然自失から醒《さ》めたあとにいった。

「なるほど、そうである」

とは、叔孫通はいわなかった。

至上の唯一人である始皇帝がおこなうことといえば、宮殿や墓陵の造営であり、さもなくば旅行である。それらの共通点は、おそらく鬼神の崇拝であろう。始皇帝はどこにいても鬼神を求めている。自分を護《まも》ってくれるのは鬼神であると信じて疑わないのは、幼弱のころに鬼神に救われたという体験をもっているからにちがいなく、かれは父祖の霊や鬼神と語り、遊ぶために、かずかずの宮殿が必要であるのだろう。山をのぼり、海のほとりにゆくのも、またしかりである。

その事実をうらがえせば、始皇帝は孤独である。

孤独でない帝王はいないといえようが、始皇帝の場合、人のあたたかさをまったく知らない孤独のようにおもわれる。

人とは何であるのか、皇帝とは何であるのか、を知るには、礼を通すのがもっともよいのである。礼のむこうにあるものとこちらにあるものとがわかると、人の良否ばかりでなく、人がかかわる物に関する認識が育ち、おのれに豊かさが生じ、寒々しい心で鬼神の加護を求めつづけなくてすむ。

——始皇帝にそれがわかれば……。

天下は一変して豊美なものになる。万民は始皇帝の治世を謳歌するであろう。その声は鬼神の声より明るくあたたかなはずである。

咸陽をながめて、そんなことを考える叔孫通は、始皇帝に同情する希有《けう》な人であったかもしれない。

さて、県の長官の推薦で中央官廷をおとずれた叔孫通に、すぐに博士の席があたえられたわけではない。

「待詔《たいしょう》」

と、いい、皇帝の詔《みことのり》を待つ、いわば博士候補としてすえおかれた。

「夫子の学識の博《ひろ》さをねたむ者が、博士のなかにいるのでしょう」

弟子の多くは憤慨した。

——そうかもしれぬが、そうでないかもしれぬ。

叔孫通は感情の色をあらわにしないだけ、心胆が練《ね》れている。地方の郡県の長官がもっている力の強弱にかかわりがあるかもしれず、その長官と中央政府の高官との関係の良否も、叙任を左右するかもしれない。あるいは博士の官をどうしても得たい者は、大臣に賄賂を贈るということも考えられる。官家《かんか》のしくみを自分の感情だけでながめると、不可解で腹の立つことが多い。そう考える叔孫通は、いきりたつ弟子たちをおさえ、自分の焦心《しょうしん》をなだめた。

翌年、長城の修築はつづけられ、南方でも南越《なんえつ》城が築かれた。それにより、この大帝国は南北の守りを固くしたといえよう。

「夫子、奇妙なことをききました」

と、弟子のひとりが低い声でいった。蒙恬将軍が北方に出撃したわけは、匈奴の騒擾《そうじょう》があったからというより、ひとつの予言書が始皇帝を不安がらせたからしい、というのである。

「盧生《ろせい》という燕人《えんひと》が、鬼神が書いた録図書《ろくとしょ》を、皇帝にささげたというのかね」

予言書のことをこのころ録図書という。

「いえ、録図書そのものはなくて、盧生が奏上したにすぎないようです」

「そうであろう。鬼神の録図書などあろうはずがない。真に道術を会得した者は、列子《れっし》のように雲に馮《の》り天を翔《か》けることができるが、仙界を往来するばかりで、俗界には降りてこぬものだ。盧生が道人《どうじん》であるにせよ、その道をきわめることにおいて、まだなかばにすぎず、術の会得においても未熟であろう。さもなくば、譎詭《けつき》の者といってよい。そんな男の言を皇帝がお信じになったというのか」

胸に黯《くろ》いものがたちこめてくる感じである。

「そのようです。盧生は不吉なことを予言しました」

「それは……」

「秦を亡《ほろ》ぼす者は胡《こ》なり」

北方の異民族をひとまとめにして胡とよんでいる。かれらがいつの日か大挙して南下し、中華を征服するという。

——それで皇帝はいそいで長城の修築を命じたのか。

鬼神をうやまっている始皇帝としては、むりからぬ対応である。中華に生きるひとりとして叔孫通もその予言にぶきみさを感じる。なぜかといえば、盧生が始皇帝に阿諛《あゆ》するだけの男なら、そういう不祥《ふしょう》を口にして、始皇帝を不快にさせるはずがないからである。なんのためにそんなことをいったのか。蒙恬将軍を遠方にやりたい者にたのまれたのであろうか。

——そうでなければ……。

と、おもうと、さすがにぞっとする。秦が滅亡するときがかならずくる。そうさせるのが胡であることもわかっている。

「盧生のその後については知らぬか」

「宮殿のどこかにいるとおもわれます」

「逐斥《ちくせき》したわけではないとすると……」

始皇帝はよほどその道人を信用しているとみえる。だが、予言ひとつで何十万人という民が辺地で労働をさせられるのもこまったことである。人のことばより鬼神のことばを信じる皇帝に、真知にふれさせる機会はないものだろうか。そのためには、皇帝に直接にものをいえる博士の官に就かなければなるまいが、叔孫通は捐忘《えんぼう》されたように待詔のままである。

この年、戦慄すべきことがあった。

始皇帝が咸陽宮で宴会をひらいたのである。七十人の博士のほかに儒生《じゅせい》も招かれ、叔孫通は儒生のひとりとして末席につらなることになった。

「どういう祝賀の宴なのでしょうか」

と、弟子がきいた。

「南北の蛮夷《ばんい》に侵入されない備えが完成したということであろう。それで、皇帝の御代には胡に攻め滅ぼされることはないと安心なさったのだ」

実際、重臣や高官をまえに始皇帝はくつろいだ表情をしていた。叔孫通はもっとも遠い席にいたので皇帝の表情まではわからない。ただしこの席には蒙恬将軍はいないようである。皇帝に最大の安心をもたらした蒙恬将軍を呼び寄せ、褒賞《ほうしょう》をさずけることを、なにゆえなさらないのか。この王朝に欠けているのは情味である。皇帝に情味がないというより、輔佐する者に情語《じょうご》を産む力がないといえる。

そのうち七十人の博士がまえに進み、皇帝の万歳を祝った。たちまち満場に万歳の声が起こった。すかさず僕射《ぼくや》（大臣）の周青臣《しゅうせいしん》が祝賀の辞を献じた。ますます皇帝は喜色を高めたようである。

ここまでは君臣が喜悦をわけあったまことによい宴であった。

斉《せい》の出身である淳于越《じゅんうえつ》がまえにでて、周青臣の祝辞の内容を批判したことから、この宴は一転して諮問の場となった。

どういうことかといえば、周青臣は、諸侯の地を廃して郡県としたことを賛美したのであるのに対し、淳于越は、殷《いん》と周《しゅう》の時代が長くつづいたのは、天子が子弟や功臣を封じて王朝の藩屏《はんぺい》としたからであるとして封建制度の復活を訴えたのである。

「いま陛下は海内を所有なさったというのに、陛下の子や弟は無位無官にすぎません。もしも斉を乗取った田常《でんじょう》や晋《しん》を分け取りにした六卿《りくけい》のごとき臣があらわれたとき、輔弼《ほひつ》がなければどうして皇帝を救えましょう」

これは淳于越の持説であろう。地方に自治権が分与されれば、いまの息苦しさから民はまぬかれることができる。法令でがんじがらめになっている民が欲しているのは、血のかよった政治である。淳于越の真情をさぐれば、地方に王国ができた場合、始皇帝があやまった聴政をおこなっても、その害は王国の民におよばず、したがって秦王朝を怨むことはない。始皇帝が長城を修築させたことにより、どれほど各地で怨嗟《えんさ》の声があがったか。封建制度が復活すれば、そういう民の怨みを皇帝は一身でうけなくてすむ。そこまではとてもいえないが、中央集権の危うさは、内部に悪臣が生ずると、外からではかれの肥大化をふせぎようがないということである。

実際、淳于越の懸念は六年後に的中することになる。

外から退治しようがない社殿の鼠というべき男が、じつはこの宴の末席にすわっていたのである。

趙高《ちょうこう》

という。中車府令《ちゅうしゃふれい》というのがかれの官職で、皇帝の乗り物をつかさどる者である。

が、その鼠よりさきに太りに太った鼠がいた。

丞相の李斯である。

皇帝の上機嫌につけこんだ淳于越の持論をすみやかにさまたげた。

「越が申したのは、夏《か》・殷・周という三代のことであり、それは今の世にあてはまりましょうか」

改革者はかならず前代の制度を否定するので、前代を大きくまとめると三代になり、それは論客などが新説を王侯に献ずるときにもちいる常套語といってよい。李斯は荀子に学んだあと秦にきて呂不韋に仕えたが、説客《せっかく》であったときがあり、なじんだ論法がここでもでたのであろう。

中央集権の制度をさらに強固にし継続させてゆかねばならないのに、それをこわすような愚策を献ずる者が多すぎる。かれらの口を緘《と》じさせなければ、自分の地位にゆらぎが生ずる。李斯が考えたのはそれである。

猛然と論駁《ろんばく》した。

「もろもろの学者は、現世を尊ばず、古代から学ぼうとする。すなわちそれは、帝の世をそしり、黔首《たみ》を惑乱することになるのです。天下が乱れていたときは、それをひとつにすることはたれもできませんでした。ところが今や、皇帝が天下を併有《へいゆう》なされ、黒白を分けて、政令を一尊《いっそん》に定められました。しかるに私学の徒は、たがいにそしり、令がくだるとその令を議論し、朝廷では非難せずに黙っており、外では巷間《こうかん》で非難しております」

李斯がここまでいったとき、博士たちは顔色をかえた。

が、李斯は容赦なく揚言をつづけた。

——ここが肝要よ。

李斯は心中で嗤《わら》い、ことばに力をそえた。

「かれらは仕えている者に誇示することが名誉であるとおもい、見解のちがいを高尚であると考え、門下生をつかって誹《ひ》謗《ぼう》をなしております」

それゆえ、それを禁じなければ、上では皇帝の力がおとろえ、下では徒党が形成される。さらに、史官があつかう秦の記録以外のものは、すべて焚《や》き、ただし博士官がつかさどる書物をのぞいて、天下にある詩書百家の書物は、ことごとく郡の守《しゅ》尉《い》に提出させて焚くべきである。あえて詩書について論ずる者がいれば、死罪として市にさらし、古代をもって現代をそしる者がいれば、一族を死刑にし、官吏のなかでそれをみのがす者は同罪とし、命令がだされて三十日以内に焚かない者は、黥《いれずみ》をして毎日築城の労役に服させる。

——どうだ。わかったか。

と、献言《けんげん》をおえた李斯は淳于越にむかっていいたかったであろう。

淳于越は顔色を失って沈黙している。

末席にいる叔孫通には博士たちの銷沈《しょうちん》ぶりを目にすることができないが、李斯のすさまじい論述は、いやでも耳にはいってきた。

――あの男は、師の名を汚したな。

言論の弾圧は、荀子の教えのなかにはない。弟子をもつ者の不幸をこのとき叔孫通は感じた。孔子は弟子によってその名がさらに高くなったというのに、荀子はそういう幸運にめぐまれそうにない。世の人は、李斯が恐怖政治をおこなえば、かれの師であった荀子の教義を曲解する。師と弟子とは同体としてみられるからである。荀子に私淑している叔孫通としては、

――わしこそ荀子の後継者ではないか。

と、誇りたい気が昂《たか》まってきた。同時に、自分が弟子たちに説く理念が正しく伝えられるのか、と不安もおぼえた。叔孫通が沈思しているうちに、始皇帝の声が群臣の頭上にひびいた。

「可《か》」

あっけなく、みじかく、するどい声である。が、それは議論の終了をしめしており、李斯の意見を採るという皇帝の意志決定をあらわしており、意見のなかにあった新法の実施を命令していた。

博士や儒生の大半がその声につらぬかれたようにふるえた。

「たいへんなことになりました」

と、高弟は幽《くら》い息でいった。師の叔孫通はまだ博士官に就《つ》いていないので、せっかく運んできた書物を役人にさしださねばならない。

「いや、待詔は民間の儒生とはちがうはずだ。御史《ぎょし》に問いあわせてみる」

と、叔孫通は弟子たちにいい、御史の下官《げかん》に面会を求めた。御史はもとは記録官のことをいったが、権能が拡大し、このときは検察の機構をあわせもっている。

「待詔は博士官ではない。詩書百家の書物をもっていれば、すみやかに官衙《かんが》にとどけるべきである」

と、下官はあごをあげた。

「失礼ですが、わたしは皇帝が主催なさった宴会に招かれていた者です。そのおり、丞相の献言も拝聴しており、丞相は待詔が保持している書物には言及なさらず、それゆえに命令書には待詔のことが記されていないとおもわれます。法について問うた者がいれば、上官に報告しなければならぬというのも秦の法であるはずです。それを無視なさり、ご自分で法を創って、あとで法官にそのことがきこえてもよろしいのでしょうか」

叔孫通には弁才がある。横柄な下官のわき腹を刺すようないいかたをした。はたして下官は眉をひそめ、

「ふむ、待詔か、まあ、待て。上官に問うてこよう」

と、腰を浮かせた。

それからずいぶん待たされた。上司からその上司へと報告がのぼり、ついには丞相まで報告が達したのかもしれない。むろん決定にも時がかかり、その決定がおりてくるのも同様のゆるやかさである。

「待詔は博士官あつかいにする」

と、告げられて、外にでたとき、すっかり日がかたむいていた。虚しい心に夕陽が射しこんできた。

——こういう王朝だ。

なにかをあきらめねばならぬような気がした。それがなんであるのか、さぐることさえ虚しい。

——孔子もこうであったのだろうなあ。

秦の時代がだめで、孔子が生きていた東周王朝期がよかった、ということではない。孔子もその時代にうけいれられなかった人である。失望をあじわった回数は叔

孫通よりはるかに多いであろう。

「君子は――」

と、つぶやいてみて、叔孫通は苦笑した。孔子が君子について述べたことはおびただしい。人格の高い者はどうあるべきかを孔子はしきりに説いた。まず叔孫通の脳裡には、君子は憂えず懼《おそ》れず、ということばが浮かんだ。歩きながら、つぎつぎに孔子のことばをおもい浮かべたが、さいごに、

「君子は固《もと》より窮《きゅう》す」

と、つぶやいて、足をとめた。

――固、とは。

わかりきっていて、いまさら説明するまでもないときに、固より、という。が、固はもともと固く守るという意味である。そうであれば、君子は窮を固《まも》る、とも解せる。窮は困窮ということであろうから、君子は困窮を守りぬくものである、と読んだらどうであろう。もっといえば、きわまった自分を保持しつづけるのが、君子である、ということにならないだろうか。

――すさまじい人だな、孔子は。

ふたたび歩きはじめた叔孫通は、自分の足どりから沈鬱なものがはがれたような

気がした。

弟子たちは師の帰りを待ちわびていた。

叔孫通に喜色がみえなかったので、弟子たちはいっせいに表情を曇らせた。

「みなにいっておく。書物は、提出せずにすんだ」

弟子たちは、わっ、と声を挙《あ》げた。

「が、三十日以内に提出しなければならぬ、とおもうことだ。現実に、そういう立場の者が各地に多数おり、かれらの立場を自分におきかえてみたら、いまなにをすべきか、おのずとわかるはずではないか。書物を焚かれることを怨むより、その書物を自分の脳裡に書きうつしておかなかった自分を責めたほうがよい」

師の声が弟子たちの頭に重くのったように、みなうなだれた。すかさず叔孫通は、

「いま、こうしているうちに、御史の手の者が踏み込んできたらどうする。さあ、すべきことをせよ」

と、はげしくいった。弟子たちははじかれたように立った。

その日から弟子たちの目つきがかわり、懸命に暗記をはじめた。おなじように叔孫通も書物にまむかった。講義のときも、弟子たちはいささかのゆるみもみせない。師のことばを書きとめても、それが焚かれる日があるかもしれないとおもえば、こ

こでおぼえ、自分のなかに保存しておくほうがよい、と自覚している顔がならんでいる。

数か月後に、叔孫通は高弟と話をするうちに、

「書物とは奇妙な物で、あることを教えてくれはするが、逆に忘れさせる物でもある」

と、いった。

「よくわかります。書物にたよっているかぎり、知識はふえません。応用し活用することができて、はじめて知識といえます。そのことをわかっているつもりでしたが、ほんとうにわかったのは、書物が焚かれるかもしれないとおもってからです」

「わしも、固窮《こきゅう》の意味を真に理解したのは、そのときだ」

「固窮ですか……」

高弟は首をかしげた。

「君子は固窮す。だが、君子でない者はどうする」

「濫《みだ》る、と承知しております」

「そう……、濫る。人民を追いつめれば、かならず乱れる」

この王朝は人民を脅迫しつづけてきている。いままた焚書《ふんしょ》によって知識人を圧迫

しようとしている。この世で君子とよぶことのできるのは、ほんのひとにぎりしかいないであろう。

――わしはそのなかにいる。

と、叔孫通はひそかに自負している。そうでなければ、儒学をもって一家を立て、百人余の学生に師とあおがれるのは不遜というものであろう。迫害されても濫れず、世が乱れても濫れぬ自己がなければ、とうてい孔子の理想をこの世に具現することはできまい。

「なんじも窮を固れ。それが学者の真髄であり、この世で大事業をなすものは、儒学を知らなくとも、おのずとそのことをさとっているものだ」

「お教えを、銘記しておきます」

この年から、始皇帝の聴政の感覚が異常になりはじめたことを、叔孫通はそれとなく感じ、弟子たちには、

「それぞれにおこなわねばならぬことは多いので、他者をのぞきみし、他家の学生と議論をたたかわせているひまはないとおもうが、念のためにいっておく。皇帝のなさることをあれこれ論じぬこと、他家の学説を批判せぬこと、そのふたつを厳守するように。秦の処罰は連座である。ひとりのわざわいが、ひとりではすまぬ、と

いうことを肝に銘じておいてもらいたい」

と、厳粛にいった。

叔孫通の門下生は、他家の学生にくらべて、のびのびと学問をしており、それだけに口舌も活発であるが、淳質《じゅんしつ》においてもまさっており、師の言をひとりとして守らぬ者はいなかった。このことが、翌年、学者や学生たちを襲う厄難《やくなん》から、かれらをまぬかれさせることになる。

ことは、侯生《こうせい》と盧生というふたりの方士が、宮殿をぬけだし、いずこともなく遁《とん》竄《ざん》したことから発する。

叔孫通は盧生のことを道士とよんだ。

方士も道士も仙術をおこなう点ではおなじであり、それを専門とするのが方士であり、道教の教義をふまえたうえでそれをおこなうのが道士であろう。始皇帝に重用された侯生と盧生とは、哲学で精神を鍛えたようではないので、やはり方士とよぶほうが正しいであろう。始皇帝が不死身にあこがれているので、それをてつだってきたのであるが、ここにきて始皇帝の酷薄さが急激に増したことに気づき、ふたりは、

「仙人をみつけることができず、仙薬も手にはいらず、霊験もしめせないとなれば、まもなく罪はわれらの身におよぶ。逃げるしかあるまい」

と、しめしあわせて、ゆくえをくらませた。

始皇帝は怒り狂った。

方士たちには莫大な金をあたえてきたのである。たとえば七年まえに、始皇帝が琅邪山《ろうやさん》にのぼり、琅邪台をつくったおりに、徐市《じょふつ》という男が、

「海中に三つの神山があります。神山の名はそれぞれ蓬萊《ほうらい》、方丈《ほうじょう》、瀛洲《えいしゅう》といいます。仙人がそこにおりますので、つれ帰りたいと存じます」

と、いったので、舟をつくってやり、男女子どもをあわせて数千人を海に送りだした。その費用たるや巨万であった。しかるに徐はいまだに帰還しない。

——譎詐《けつさ》のやからよ。

始皇帝はそれに気づき、ののしった。が、ここにきても不老不死の身になれるはずはないと気づかないのが、始皇帝の思念のめぐらせかたのふしぎというものである。とにかくかれは、

「捜せ」

とだけ御史に命じた。御史の配下は帝都はもとより近隣の諸郡をくまなく探索し

た。しかしながら逃亡したふたりのかげもかたちもない。まさに、消えた、としかいいようがない。その点でいえば、侯生と盧生はうたがいなく方士であった。

報告をうけた始皇帝は、ためにためた憤懣《ふんまん》のはけ口をもとめた。

「咸陽にいる諸生のなかで、妖言をもって黔首《けんしゅ》を乱している者がいよう。それらを赦《ゆる》すな」

妖しげな学説で人民をまどわせている者を逮捕せよ、と御史に命じたのである。御史はふたたび探聞をおこなった。訊問もおこなった。御史の配下がおこなった調査は厳密で、皇帝を批判した者をつぎつぎに捕らえ、他家を誹謗《ひぼう》し、罪をのがれようとした者も捕らえた。

叔孫通の家をしらべにきた役人のなかに、面識がある者がいた。

「いつぞやは申請をおとりあげくだされ――」

と、叔孫通が腰を低くすると、その下官は、

「ああ、あのときの待詔か。叔孫といったな。まだ博士になれないところをみると、そのほうはたいした学者ではないな」

と、あいかわらず横柄な口のききかたをした。

「おそれいります」

叔孫通はあたりさわりのない態度で終始した。下官とちがい上司は、静かさをもった男で、それだけ吏務は優秀なのであろう、叔孫通に二、三の質問を投げかけたあと、さっと引き揚げた。すでに叔孫通とその門下生についてのききこみをすませており、

「あの待詔は、妖惑の徒ではない」

と、家の外にでてから下官にいった。

この年、逮捕された学者と学生は四百六十余人にのぼり、かれらは咸陽において穴埋めにされた。のちに、

「焚書坑儒《ふんしょこうじゅ》」

と書かれたふたつの事件は、始皇帝の三十四年と三十五年に起こったものである。ちなみに坑儒は阬儒とも書かれ、坑も阬も大きな穴にいれて生き埋めにするということである。ただし生き埋めにされたのは、儒者ばかりではなかったとおもわれる。

それを知った叔孫通は、

「焚書は、かつて商鞅《しょうおう》もおこなったことだが……」

と、つぶやいたあと、口をつぐんでしまった。往時、秦の法令を大変革させて、富国強兵を実現させた商鞅という大才は、執政の地位に就いて、愚民政策を実行し

た。民が他国の情報を得ることも知識をたくわえることも、国策をおこなうことのさまたげになるという理由で、秦に不都合な情報は官廷の外にもらさず、書物も情報源とみなして焚き棄てさせた。秦王朝はそういう伝統のうえにある。

それを承知の叔孫通であるが、さすがに生き埋めという処刑には衝撃をうけた。

――妖言を弄す学者とは、ほかでもない、李斯ではないか。

始皇帝が具眼の英主であれば、まず李斯を穴にほうりこむであろう。博士のなかには、媚語を呈して皇帝の歓心を得ようとした者もいたであろうが、皇帝をうやまい信じ、この中国から交戟《こうげき》の音を消滅させた大いなる徳を、どうしたら人民に敷きひろげることができるか、真剣に考えていた者もいるにちがいない。が、始皇帝の耳口はそういう良材を蘊《つ》まず、おのれの不徳を喧伝《けんでん》する者を殺すことによって、けっきょく自身の不徳をあらわしてしまった。

――しかし、これくらいのことが困窮といえるか。

叔孫通は不屈の精神をもっている。理想を追う者は理想によって斃《たお》れる。いまの博士たちはみなそうであろう。穴に落とされなくても、精神は死んでいる。真の学者はそうではない。学ぶということにおわりはない。叔孫通はおのれをはげまし、不安に揺れている弟子たちのまえに、毅然とすわった。

畏縮した、というわけではないであろうが、叔孫通は博士官に就けないまま、二年をすごした。

このあいだに始皇帝の長子である扶蘇《ふそ》が、始皇帝の怒りにふれて、蒙恬将軍のいる北辺へ逐《お》われた。学者たちが生き埋めにされたあと、さすがに父の異常さを感じた扶蘇が、

「天下はまだ定まったばかりで、遠方の黔首は帰服したとは申せません。諸学者は孔子の教えを奉じておりますのに、いま、主上は法をもってかれらを縄《ただ》されました。これでは天下が不安になろうと恐れるしだいです」

と、諫言《かんげん》を呈したからである。

篤志と良識とをもった扶蘇という皇嗣《こうし》は、この王朝にとって希望の星であったといえる。叔孫通も、

「次代になれば――」

という声を、宮中ばかりか都内でもきいた。次代の皇帝が扶蘇であるという前提の声であったのだが、扶蘇が咸陽を去ってから、その声はいたって幽《くら》くなった。王朝そのものが、重苦しい。

この夏はとくに暑く感じられ、通りをゆく牛のあえぎが耳についた。

始皇帝は咸陽にいない。年頭に始皇帝は出遊し、博士も随行したのであるが、叔孫通は随従者のなかにははいれなかった。ふたりの丞相のうち、左丞相の李斯は始皇帝につき従い、右丞相の馮去疾《ふうきょしつ》が王朝の運営にあたった。始皇帝のいない宮殿は、妙に静かにみえた。叔孫通はほとんど宮中にはゆかず、弟子たちを相手に講義をおこなっていた。

夜、高弟だけを相手に話すときがある。

「夫子、薛にお帰りになったらいかがですか」

と、高弟のひとりがおもいあまったようにいった。博士官の空《あ》きがなく、いつまでたっても、待詔のままでいるなら、いっそこの息苦しい咸陽を去って、故里に帰ったらどうか。師にそうすすめたのは、発言者の帰郷への願望がこめられていたであろう。

「わしは博士官が欲しくて、ここにとどまっているわけではない」

およそ叔孫通は大声をだして弟子を叱りとばすということをしない人で、このときも、口調に激昂はなく、弟子にいいきかせるというよりむしろ自分の意志をたしかめるような、強さを秘めた声でいった。

「わしは文《ぶん》ということを考えているのだ」

と、叔孫通はことばをつづけた。

文とは飾りのことである。宇宙は礼によって成り立っている。そのことがわかっている者はこの世でわずかしかいない。わかっている者だけがわかっていればよいというのであれば、教育者は不要である。教育者はそのことをなるべく多くの人にわかってもらえるように工夫をしなければならない。それゆえ、その真意を理解してもらえそうな者に語る。理解してもらえそうもない者には、べつのかたちをとる。もっともよいのは、礼を政治と融合させることである。最短の道は、支配者が礼を重んずれば、人民もそれにならう。人民は真の礼を理解することができなくても、かたちが先行するだけでも、礼に近づいたことになる。すなわち、礼を存在にとどめておかず、伝播《でんぱ》させなければ、世に調和は生じない。それが文ということである。

「いまの世では、とてもそれはできぬとあきらめた儒者に、いったい帰るところがあるのだろうか。わしが自身だけのことを考えるのであったら、咸陽へはでてこなかった」

孔子は故国でひっそりと弟子を教育するのを望んでいたわけではない。かれはとくに新興組織に興味をしめした。旧弊が排除された治体においてこそ、礼をゆがまないかたちでしめせると考えたのであろう。叔孫通とておなじである。

——法だけでは天下を治めきれない。

と、かならず皇帝は気づくはずであり、そのとき礼が必要となり、礼をかたちとしてみせることのできるのは自分だけであろう。その時をねばりづよく待つほかない。

叔孫通が意中のはしばしを高弟たちに語ったこの夜、じつは遊行途中の始皇帝が、河北にある沙丘《さきゅう》とよばれる地の平台宮で病歿した。

そこで陰謀がなされた。臨終の始皇帝は印璽《いんじ》を捺《お》した書を北辺にいる長子の扶蘇にさずけ、そのなかで、

「喪を発するのは、わが棺《ひつぎ》を咸陽に迎えると同時にし、それから葬れ」

と、命じたのに、中車府令《ちゅうしゃふれい》である趙高がその親書を保管したまま、扶蘇のもとへ急行すべき使者には渡さず、始皇帝の死をみとどけた李斯と語らい、始皇帝の死を知っている者が宦者《かんじゃ》の五、六人であることをさいわいに、ここまで同行してきた始皇帝の末子である胡亥《こがい》をつぎの皇帝として立てようとした。そのためには始皇帝をまだ生きているようにみせかけ、親書を偽造し、扶蘇と蒙恬将軍に死を命ずる使者を北辺に送った。扶蘇が自殺し、蒙恬を投獄したことを復命した使者から胡亥がき

いたのは、咸陽に帰り着くまえである。

喜躍した胡亥は兄たちをおしのけるように即位した。そのあわただしさが官廷の内外に疑問をなげかけた。

「正当な即位ではないのではないか」

そういう疑問が官人ばかりか庶民の胸中にも生じたが、この王朝は不穏な声を赦さないことを知っている人臣は、眼底に疑念を残したまま新皇帝の即位を祝った。叔孫通もそのひとりである。かれは疑念よりも失望のほうが大きかった。

——長子の扶蘇が亡くなった。

という事実を知ったとき、目のまえが昏《くら》くなった。叔孫通にとって扶蘇は希望の星であったといってよい。その星が消えた。これから新皇帝の御代がはじまり、叔孫通の生涯はそのなかに斂《おさ》められる。どこに往っても、この時代は動かない。

——窮した。

通身《つうしん》が失意のなかにあった。

叔孫通は新皇帝の名を知らなかった。しばらくすると、新皇帝の公子のころの逸話が耳にはいった。

——やはり、そういう人か。

叔孫通は幽《くら》い息を吐いた。酒宴があり、群臣も招かれていたが、公子が食事をおえてさきに退出した。階段をおりた公子は群臣の履《くつ》をながめ、善美な履をえらび踏みにじって去ったという。その性情に拗《す》ねがあることはあきらかである。礼儀の重要さを説けば、その場で、首を刎《は》ねられそうである。

数日後、叔孫通は新皇帝の名を知った。

「胡亥……、胡……」

そんなはずはない、といおうとしても、口がひらかなかった。

二十一歳の新皇帝は小心を猜疑でくるんだような人で、自分の即位が譎謀《けつぼう》の道を践《ふ》んで成ったことを知っているだけに、兄や大臣など皇帝をおびやかす地位にすわっている者たちの目におびえ、かれらの殺害を寵臣の趙高に命じた。かれはひたすら自分の弱さをみせまいとし、強さを誇示することに腐心し、始皇帝にならって大旅行を敢行し、帰還すると、中断されている阿房宮の工事を再開させた。この大工事のほかに天下の勇士を五万人も咸陽に集め、四夷にそなえるためである、といって射弓をおしえた。

この時期、人が咸陽に蝟集《いしゅう》し、同時に犬馬の往来もはげしく、咸陽のなかで消える食の量はすさまじい。郡県からはこばれる食糧は大旱《たいかん》に降った小雨のようなありさまであり、咸陽が食糧難にあるため、ここから三百里以内の農人たちは自分たちが植えた穀物を食べることを禁じられた。

「夫子……」

弟子たちのいわんとすることはわかっている。さすがの叔孫通も咸陽にとどまっている愚かさを感じた。

「苛政《かせい》、悪政、秕政《ひせい》――」

ここではどんな訾毀《しき》を投げつけても当たる。が、人民はおしだまったままである。

――薛に帰る。

と、叔孫通が決意をかためたとき、

「皇帝のご諮問がある」

と、呼びだされた。七十人の博士のほかに儒生も集合させられた。それぞれに落ち着きのなさがあり、ささやきあう程度の会話であるが、奇妙にさわがしい。叔孫通の耳に、

「叛乱」

という小さな声がとびこんできた。風聞であるらしい。東南方で叛乱が起こった

ようなのである。むろんそれが陳勝《ちんしょう》と呉広《ごこう》が起こした乱で、燎原《りょうげん》の火の勢いをもって天下を焼きつくそうとしていることまではわからない。

二世皇帝があらわれるとささやきは消え、静粛となった。

「さて、今日諮《と》いたいことは、ほかでもない、楚の戍卒《じゅそつ》が蘄《き》を攻め陳《ちん》にはいったようであるが、これをどうおもわれるかである」

戍卒というのは国境警備兵のことである。かれらが叛乱を起こし、まず蘄を攻めて邑を落とし、西行して陳郡にはいり、郡守のいる陳をも陥落させたということであろう。蘄は叔孫通の出身地である薛をまっすぐ南へゆくとある県で、その県のある泗水郡ととなりの陳郡は叛乱軍の兵馬のしたにある、と叔孫通には容易に想像することができた。

——窮したがゆえに、濫れた者がいる。

二郡を制した叛乱軍の勢いが、その後、どのような盛衰をたどっているのか、わかるはずはなく、皇帝の口から叛乱がほのめかされたということは、鎮静化にむかっているとも考えられる。実際、博士や儒生の多くはそうおもったようである。そういう楽観が、ここぞ、と諛悦《ゆえつ》にむかってかれらをすすませた。三十余人が皇帝の面前にでたのである。かれらのひとりは、『春秋公羊伝《しゅんじゅうくようでん》』に、

——君親《くんしん》に将《しょう》無く、将あれば必ず誅せられる。

とある語句をとっさに借りて、

「人臣に将があってはならないのです。将とは反逆のことであります。死罪としてお赦しになってはなりません」

と、高らかにいった。それをきいた叔孫通は、

——それこそ主語と客語が反しているわ。

と、苦笑した。

君親に将無く、というのは、君主や親にたいして殺意をいだいてはならず、ということである。将は五十以上の読みかたのできる字であるが、この場合、「まさに……せんとす」ということであり、君主や親を殺そうとおもっただけでも誅殺されてしかるべきである、と公羊学者は説く。そこのところを人臣に将無く、といえば、皇帝は人臣にたいして殺意をいだかれてはなりません、と説いたつもりはないであろうが、そうともとれるということと、人臣が主語となっていることで、皇帝の気色を損じる危険があることを叔孫通は察知した。

——学者とは無邪気なものだ。

あるいは傲岸なものだ、と叔孫通はおもう。まず自分があって、つぎに相手があ

る、というしゃべりかたをする。自分と相手とが対等にあるとは考えないし、まして相手が先にあるなどとは、つゆおもわない。まえにでたほかの学者は、

「どうか陛下にはいそぎ反逆する者をお撃ちくださいますように」

と、しかつめらしくいった。よけいなさしずというものであろう。

はたして皇帝は怒色をあらわした。

このとき、うしろにいた叔孫通がするするとまえにでた。

「さきほどより諸生の言をうかがっておりましたが、みなまちがっておられます。よろしいか。そもそも天下はあわさり一家となり、郡県の城はこわし、兵器は溶かし、ふたたびそれを用いぬことは天下に示されました。しかも明主が上におられ、法令は下に具《そな》わって、車の輻《や》が轂《こしき》に輳《あつ》まるように四夷も入朝しているというのに、どうして反逆する者などいましょうか。それらは群盗かこそどろにすぎますまい。歯牙にかけるまでもありません。郡守や郡尉がいまに捕らえて論《さば》くでありましょうから、憂えることはさらさらございません」

叔孫通は二世皇帝の性質を研究しぬいたわけではないが、学者の言の反応をうかがっているうちに、ひらめいたことであった。

——こういうのを申子《しんし》の学というのを、諸生は知るまい。

申子とは、申不害《しんふがい》のことである。韓《かん》の宰相であった。かれは君主の昭《しょう》侯をじっくり観察し、その意中をはかってたがえることのなかった人である。

皇帝に喜色がひろがった。

「そうであろう」

と、うなずいた。皇帝はおもいたったように、ひとりひとりに意見をいわせ、寡黙や遁辞をゆるさず、反逆者か盗人か、はっきりさせたあと、御史に命じ、

「反逆、と申した者を、吏にさげわたして、その非をあきらかにせよ」

と、投獄を示唆した。盗であるといった者はことなきをえた。ただし叔孫通はよほど皇帝のおぼえがよかったのか、あらためて引見されて、帛《きぬ》二十匹と衣一襲《いっしゅう》を下賜され、博士に任命された。

宮中から舎にもどった叔孫通を待っていた弟子たちを代表して高弟のひとりが、

「先生はどうして諛言《ゆげん》など呈されたのですか」

と、なじった。怒りとなさけなさとをまじえた表情である。叔孫通はおもむろに下賜の物を足もとにおき、

「みな、わからぬのか。虎口がとじられ脱出できぬ時が幾《ちか》いということを」

と、はっきりいった。ただちに逃げる、ということである。弟子たちは、あっ、

と色めきたった。

叔孫通とかれの弟子たちが分散せずに秦から去ったのは、無謀な逃亡をしたわけではなく、函谷関《かんこくかん》を悠々と通ったとおもわれる。薛へ帰る理由も怪しまれぬものをととのえたにちがいなく、その点、叔孫通が二世皇帝に気にいられたという一事が大きなたすけになったのであろう。

陳勝と呉広が叛乱の兵を西行させ、陳を落とし、楚王と自称したのは七月のうちである。陳を本拠地とした陳勝は、県内で賢人のうわさのある周文《しゅうぶん》（章《しょう》）を引見し、かれに将軍の印をさずけ、西方を伐たせた。周文は楚の春申君《しゅんしんくん》に仕えたことがあるらしい。そういう履歴がかれの文采《ぶんさい》となるほかは旗鼓の才はまったくわからぬ男であるが、軍をすすめてゆくうちに、麾下《きか》に投ずる兵はふえにふえて、兵車は千乗に、士卒は数十万に達した。この勢いをもって函谷関に攻めかかり、かつて何人《なんぴと》も破れなかった函谷関をうち破り、なだれのごとく西進して、戯水《ぎすい》のほとりに至ったのであるから、歴史が記憶せねばならぬ名となった。戯水の西岸にのちに有名になる鴻《こう》門《もん》がある。すなわち周文の軍は咸陽に肉迫したのである。が、周文は秦将の章邯《しょうかん》の軍と対戦して敗れ、追撃されてふたたび敗走し、十一月には進退きわまって自刎《じふん》した。

　叔孫通が函谷関をぬけたのは、周文の軍が函谷関に迫るまえであろうから、じつにすばやい行動であったといってよいであろう。

　ちなみに秦王朝の歳首は十月におかれているので、十一月は次年になる。そのころ叔孫通は薛をめざしていたが、薛は泗水郡の郡守がはいり叛乱軍を禦《ふせ》ごうとして、沛で起《た》った劉邦《りゆうほう》の兵と戦っていた。中国全土が戦乱の坩堝《るつぼ》と化している。まっすぐに薛に帰ることができるはずはない。

「まとまっていては兵とまちがえられる。三々五々、薛にむかうがよい」

　叔孫通は弟子たちをこまかくわけた。この配慮がみのって、ふたたびかれらが薛で顔をあわせたとき、ひとりの欠員もなかった。この時点で、弟子たちは師の神知を感じ、信仰心に近いものを懐《いだ》いた。咸陽をでてから薛に着くまで九か月もかかっている。辛酸《しんさん》をなめた旅であった。

　かれらがみた薛はなんと叛乱軍の本拠地になっていた。陳勝が樹てた新政権は叔孫通が薛にむかっている途中で潰滅し、各地で乱立している軍事政権のなかで、薛にすわった項梁《こうりよう》が運営を開始しようとしている王朝が、陳勝の遺志をつぐものとして諸将の期待を集めつつあった。

　ところで項梁は、のちには項羽《こうう》の季父《おじ》として有名になったが、このころは楚の将軍であり秦の名将の王翦《おうせん》と戦って敗死した項燕《こうえん》の子であるという血胤のよさが、無言の威信となり、輿望《よぼう》のまとになっていた。項羽はそういう季父の盛名のかげにいるころである。いや項梁とて、父の項燕が楚王を擁して楚国を守りぬこうとして力のかぎり秦軍と戦い、ついに力尽きて自殺したという忠烈さが、遺徳となってかれの像を巨《おお》きくみせているといってよい。

　叔孫通のうけとりかたもおなじで、

「ああ、項燕将軍の少子か」

　と、項燕を信ずるがゆえに項梁を信じた。その項梁が范増《はんぞう》という老齢の智者の献策を容《い》れて、自分が王にならず、楚の懐《かい》王の孫の心《しん》という者を楚王に立てたときいた叔孫通は、

「そうあるべきである。道理のあるところに正義がある」

　と、弟子たちにいい、すすんで項梁に面会をもとめた。項梁は兵法を学んだことがあるだけに、学識者を粗略にあつかわず、また楚王をもって天下に号令させたいという大望もあり、革命政権が安定すれば、秦王朝にかわる楚王朝をひらかねばならぬ、そのための機構をさぐるに必要な人物であると叔孫通をみた。

「まもなく諸将がここ薛に集合し、楚王のもとで各将の官爵がさだまり、王都はここではなく淮水《わいすい》のほとりの盱眙《くい》にさげるつもりである。博士は楚王に随行して盱眙に行ってもらいたい」

叔孫通は光明をみたおもいがした。

たとえ項梁が天下を平定しなくても、秦に対抗することのできる大勢力を保持すれば、楚という王国は往時の昌盛をとりもどす。天下の民は七雄とよばれる強国がしのぎをけずっていた戦乱の世にうんざりしていたにもかかわらず、統一後の住みにくさを呪い、

――昔のほうがよかった。

と、腹の底ではおもっている。人が人らしく暮らせる世を欲しているのである。叔孫通はこれから楚王を教導してゆけばそういう世を実現させることができそうだと心にはずみをもった。

「先生が盱眙にゆかれるのなら、われわれもお従《とも》をします」

この弟子たちの叔孫通を敬仰する心は篤く、団結力は強い。師弟の百余人は楚王が南方にむかえば、ただちに随行する心がまえをかためた。

数日後に諸将が薛にはいってきた。

「夫子、あの冠、……あれがわたしのみた竹皮冠です」

高弟のゆびさすほうに四十がらみの男が竹皮冠を頭にのせ、配下と立ち話をしていた。

「沛県の亭長をしていた者が、あれか」

「そうだとおもわれます」

亭長は配下がふたりしかいない卑官である。その卑しさから昇りにのぼって、いまや一万の兵をひきいている将である。

「失礼ですが、あの竹皮冠の将は、なんと申されるのかご存じでしょうか」

叔孫通は近くにいた若い武将にきいた。それが二十五歳の項羽であった。

「劉邦のことか。あの男は景駒《けいく》にまず属《つ》き、景駒を楚王に立てた甯《ねい》君とともに章邯配下の司馬尸《しばい》と戦って敗れ、景駒がわが軍に負けると季父に頭をさげにきた。節義に欠け、しかも兵略に昧《くら》い。あまりたよりになる男ではない」

項羽が早口でいったので、叔孫通は頭のなかの整理がまにあわなかった。東方における主導者の盛衰がわかっていない。景駒がいったい何者であるのか、想像するしかない。

——楚の宰相の職を令尹《れいいん》といい、官は上柱国《じょうちゅうこく》が最高で、その職官をになう者は、昭《しよう》・景《けい》・屈《くつ》であった。

と、叔孫通は憶いだした。楚の名家といえば、昭氏・景氏・屈氏の三氏であり、景駒は景氏の子孫であろう。大臣の家柄でありながら王を自称したので項梁の怒りを買ったのであろう。項梁のほうに理がある。章邯についても明瞭な像をもてないが、秦の強力な武将であることは、耳にはいっている。要するに項梁の甥であるこの少壮の武将は、沛の亭長であった男をみくだしているようである。

——良将は高言を吐かないものだが。

と、叔孫通は項羽に多少のあやうさを感じたものの、平時とはちがい、こういう大乱のさなかにあれば、歩卒でさえ高ぶったもののいいかたをするであろうから、さほど不快をおぼえなかった。あとで項羽という武将の勇猛さを知ると、竹皮冠の劉邦ははかなくみえ、

——あるいは秦軍に撃殺されるかもしれない。

と、かれの将来を暗い予感でとらえ、かすかに憐憫《れんびん》を湧かした。叔孫通は項梁の構想のなかに自分をおき、その未来を王朝の未来とかさねあわそうとした。そういうかれであるから、まさか三か月後に項梁が戦死し、項梁の遺志を奉じた項羽を激闘のすえに倒して天下を平定するのが、あの竹皮冠の男であるとは夢にもおもわな

かった。

項梁は楚王を送りとどけるために盱眙にゆき、そこを王都にさだめると去った。

楚王に随従した叔孫通は、盱眙にとどまり、いわば楚王の顧問の席に就いた。叔孫通はここで一安を得たのであるが、楚王にとってはそうではない。かれの祖父は、秦王の招きに応じて秦へでかけ、そこで幽厄《ゆうやく》におちいり、ついに帰国がかなわず悶《もん》死《し》した懐王である。懐王の子が横《こう》(頃襄王《けいじょう》)のほかに何人いたのかさだかではないが、それらの子は横が楚王となるにしたがって王族として富庶《ふしょ》を得たにちがいなく、その後、楚の首都が秦にうばわれ、頃襄王がやむなく遷都をおこなうころから、王族の貴富は大いなる翳《かげ》りをみせ、懐王の孫にあたる心はすでに生まれていたであろう。やがて心が長じ、楚王の代も頃襄王の子の考烈《こうれつ》王にかわった。心は王族のひとりとして考烈王を翊戴《よくたい》していたであろう。考烈王の子の幽《ゆう》王の代にもその姿勢はかわらなかったにせよ、幽王の死後におこった内訌《ないこう》にはかかわらず、それから五年後におとずれる楚の滅亡のとき、心はすでに野にかくれていたのではあるまいか。それからこの年までの十五年は、庶民としての年月であり、かれは傭人《ようじん》として羊を飼って生きてきた。失意の人であったかもしれないが、すぎゆく日々は平穏であった。

しずかに老いを迎えようとしていた矢先、歴史の大舞台へひきあげられた。ここでは時が激動している。

「父祖の秦への怨みが、わしを立たせたのであろう」

と、楚王はしみじみ叔孫通にいった。

――この王は……。

始皇帝と二世皇帝という、妄想におちいったふたりをみてきた叔孫通にとって、この王には人の善意が通ずる資性《しせい》のよさがある、とおもわれた。霸気にとぼしいのは敗残の人だけにやむをえない。嗜好や侈傲《しごう》をみせないのは、民間で苦労してきたせいでもあろうが、この王の賢明さのあらわれであり、王の居ずまいとしては悪くない。ここは豪傑たちにかつがれるご神体としておとなしくしていたほうがよい。

叔孫通はそれをほのめかした。

「博士、たよりにしている」

心細さがついそういわせるのであろう。叔孫通ははっきりうなずいてみせた。その心の裏で咸陽が幻のようなはかなさでみえた。民を黔首《けんしゅ》とよび、百官群臣万民をひれ伏させた始皇帝の威権が、かれの死後一年余で崩れはじめ、まもなく二年目になるが、中国を東西南北に区分すれば、秦は往時のように西方を領有するだけの勢力にもどってしまった。なにが秦をそうさせたのか。

国家の体制のなかに礼が欠けていた、といえば儒学の田に水を引きすぎであるかもしれない。倫理を法のかたちで顕現化しすぎたといったほうがよいであろう。中国ではじめに成文法をつくったのは鄭《てい》の子産《しさん》という宰相である。そのとき晋の賢臣である叔向《しゆくきよう》が子産に失望しつつも、

――国亡びんとすれば、法を定むること多し。

と、法の弊害を説き、子産をいさめた。法が人の心のなかにあるうちは争いもすくないが、はっきり目にみえるかたちで定着すれば、人は人をみずに法をみて、法にかからぬように心がけ、あるいは法を争いのまとにする。そこには人を立てるべき仁義礼信のような理念がなくなり、人が立たねば国家も立ちゆかなくなる。叔向はそう警告したのであるが、子産は謝絶した。むろん歴史がしめしているように、鄭国の滅亡ははやかった。秦はその覆轍《ふくてつ》をたどろうとしている。

――そのことを項梁はわかっているであろうか。

項梁を恃《たの》む心の強さは叔孫通も楚王もおなじである。

が、九月に項羽の使いの者から、

「いそぎ彭城《ほうじよう》へお徙《うつ》りを――」

と、いわれた楚王は不安に染められ、叔孫通をみた。

「なにがあったのですか」

すかさず叔孫通が問うた。使者はいちど息を呑み、口もとの堅さをとってから、

「武信君《ぶしんくん》が定陶《ていとう》でお亡くなりになりました」

と、楚王にむかっていった。

武信君とは項梁のことである。楚軍の北上とともに主戦場は黄河と済水《せいすい》とのあいだにうつり、楚軍が二度秦軍を破ったことで、項梁に驕りが生じた。秦将の章邯は戦いの巧者であり、楚軍の慢心からくるゆるみを見越して、急襲を敢行し、項梁を撃殺した。主将をうしなった楚軍は戦場を縮小せざるをえず、また兵士の動揺がいちじるしいので、楚王に彭城に徙ってもらい、諸将の結束に立ち会ってもらいたいというのである。

――項梁が死んだ。

それを知って兵士より動揺したのは楚王であろう。楚の将兵を総攬《そうらん》することのできる人望の持ち主は、項梁のほかにはいないことを楚王は知っている。諸将が分裂してしまえばそれにつれて楚軍も分散してしまい、楚国の復興は夢となってしまう。

そのあやうさの予感を楚王と共有した叔孫通は、しかし毅然として、

「王が軍を帥《ひき》いることです」

と、はげますようにいった。楚王が意気銷沈すると楚軍は自然崩壊しかねないいきわどさにある、というのが叔孫通の認識である。この楚王は宮殿でぬくぬく育った人ではない。秦軍と戦い、屍山《しざん》や血河を越えたことがある。そういう生死や幽明が交差する場裏で卑怯なふるまいをしたとはきこえてこない。ほかのたれよりもみごとな将帥《しょうすい》になるのではないか。叔孫通の熱い意《おも》いが通じたのか、楚王はすっくと立ち、

「わしが秦を討つ」

と、力のある声でいった。楚の首都は盱眙から彭城へ遷ったのである。彭城はいまの徐州市である。東西の道と南北の道がここでまじわり、しかも泗水のほとりにあるという、まさに交通の要衝である。

そこにはいった楚王は、集まってきた諸将の官爵をあらためた。彭城の東に呂臣《りょしん》、西に項羽が布陣し、その西に劉邦が滞陣して彭城を守禦するかたちをつくった。呂臣という将は、最初に叛乱の旗をあげた陳勝に近侍していたので、諸将のなかでもっとも戦歴が豊かであるといってよい。

彭城を死守するかまえをとっていた楚軍に、秦軍は襲いかかってこなかった。項

梁を殺した章邯は、

——楚兵は憂うるに足らず。

と、考え、軍の主力を河北にむけたのである。この戦略眼の移転が、楚軍にゆとりをあたえ、ひいては天下の趨勢《すうせい》から秦を逸脱させた。

一年余ののち、彭城は喜びで沸きかえった。

「武安侯《ぶあん》が秦王を降伏させた」

という吉報が楚王のもとにとどいたからである。武安侯とは劉邦のことである。ちなみに彭城を首都とする楚王朝では、項羽を長安侯《ちょうあん》といい、呂臣が司徒（文部大臣）であり、呂臣の父の呂青《りょせい》が令尹（首相）であった。

「秦王、と申されたか」

叔孫通は使者に問うた。二世皇帝を楚軍がいやしめてそういったのか、とおもった。かれには二世皇帝にかすかな愛着がある。

「秦王が何か……」

「皇帝のことですか、その秦王は」

「いや、二世皇帝は趙高に殺され、その趙高は帝位を践《ふ》もうとしたらしいのですが、群臣が叛くのを恐れ、二世皇帝の兄の子を王位に即けたようです。帝の称号をやめさせたのは趙高のようで、趙高は秦王に殺されました」

わずかなあいだにめまぐるしく秦王朝の主権者がかわった。二世皇帝の在位は三年である。その後継者である秦王嬰《えい》は即位して四十六日で劉邦に降伏したのである。始皇帝の葬儀がおこなわれたとき咸陽にいた叔孫通は、秦王朝の未来を暗く感じたとはいえ、これほどすみやかに瓦解するとは想像することができなかった。が、事実は厳粛にうけとめねばならない。始皇帝が中国を統一して、その偉業を万民が謳歌したときから、十五年後には、その王朝は哀歌に染められてしまう。たれひとりとして空想しなかったことである。人も組織も、勝者になった瞬間に、敗亡がきざすのであろうか。中国にはいまだかつてこれほどみじかいいのちの王朝はなかった。

叔孫通は先見の明がある学者である。陳勝の叛乱をきいて咸陽を脱出したほどの慧敏《けいびん》さをもっている。それはとりもなおさず、儒学が敗者の学問ではない、ということに起因する行動であったかもしれない。が、勝者の側に立ったからといって、驕ることをしないのは、

「富みて礼を好む者」

が、いかにむずかしい存在であるか、わかっているからである。楚王朝はこれか

ら富む者となる。叔孫通は楚王に近侍して礼を新体制のなかで生かすことに尽力しなければならない。叔孫通はめずらしく興奮した。

——この王であれば、いつか理想を具現することができよう。

と、力強く感じている。

劉邦が中国の西部を平定し、項羽が北部を平定すれば、楚王朝を認めない勢力も、まもなく矛《ほこ》をおさめて、入朝するであろう。実際、この王朝がたてた戦略構想とはそういうものであり、もののみごとに実現しようとしている。

が、時は秦王朝を沈め楚王朝を興したように、楚王配下の武将にすぎなかった項羽と劉邦とに、楚王にまさる巨大な像をあたえつつあった。そういう変化は、彭城から戦局を遠望していた者たちにはわからない。

劉邦におくれること二か月で咸陽にはいった項羽から、

「関中《かんちゅう》を平定した」

という報せが彭城にとどいたとき、楚王はあからさまにいやな顔をした。項羽に咸陽を落とせと命じたおぼえはない。さらに不快であるのは、項羽の使者のいいかたからすると、

——わしが最初に関中にはいった。

と、項羽が主張しているようなのである。むろん関中に最初にはいったのは劉邦であり、楚王は劉邦を関中王として秦の遺民を治めさせる肚《はら》で、劉邦を西へ征《ゆ》かせたのである。たしかに最初に関中にはいった者をそこの王とすると諸将のまえで明言した。が、項羽がそれにこだわり、河北平定の余勢をかって咸陽へむかったのはどうしたことであろう。

——それほど王になりたいのか。

だが、事実を枉《ま》げても栄位に就きたい者をゆるせば、王朝の威権がそこなわれる。

楚王は項羽のあさましさをみたおもいで、

「約のごとし」

と、みじかくいった。楚王の感情のこめられた一言であった。約束をはたせ、と項羽に命じたのである。楚王の不快さは、じつは項羽の不快さを育てることになった。

——戦功もない者が、わしに命ずるのか。

と、楚王に憎悪をむけ、まもなく始末をしてやると肚裏《とり》で毒をふくんだ考えをふくらませながら、諸将を集めて、それぞれの封地をさだめ、王の称号をあたえた。いちおう楚王を尊んで、

「義帝《ぎてい》」

と、よび、みずからは西楚《せいそ》の覇王となり、彭城に首都をおくことにした。この論功行賞の会合を解散してから、項羽は函谷関をでたのだが、配下に、

「義帝を長沙《ちょうさ》の郴《ちん》に移せ」

と、命じた。長沙の郴といえば、緯度はいまの台湾の台北市とさほどかわりがないほど南にある県である。すなわちその命令は、

――義帝を追放する。

と、項羽がいったとおなじことなのである。

「ばかな――」

叔孫通は色をなした。

「古《いにしえ》の帝は、その地が方《ほう》千里であり、かならず上游《じょうゆう》に居るものであります」

と、項羽が使者にいわせたことに反駁《はんばく》しようとした叔孫通は、

「博士は義帝の臣下ではない。ゆえに彭城に残られたい」

と、いわれ、義帝が多数の兵に引き立てられるのを、まなじりを決して見守るほかはなかった。一瞬、義帝がふりかえった。

――帝よ。どうか、ごぶじで……。

と、祈った。郴はたしかに長江の支流のひとつがながれでる近くにあるが、そういう地に帝が居なければならない理由をきいたことがない。項羽自身がひねりだした妄語《ぼうご》であろう。義憤をおぼえた叔孫通は彭城を去り薛に帰ろうとしたものの、義帝の消息を知るには彭城にいるほうがつごうがよいと考え直し、居をうつさぬうちに項羽が入城してきた。

彭城は壮烈な歓迎と祝賀に染めぬかれた。項羽のうしろには咸陽でかきあつめた財宝と美女を乗せた馬車が蜒々《えんえん》とつらなっている。絵に描いたような凱旋である。

じつは項羽が咸陽の宮殿を焼きはらったあと、

「関中は山河を阻《へだ》てて四方が塞《ふさ》がり、地は肥饒《ひじょう》でありますから、ここに都をおけば霸者となれましょう」

と、献言をおこなった者がいた。が、項羽は想像力に限界があり、征利を目にみえる物にとどめたため、その言の重要さに気づかなかった。

「富貴の躬《み》になって故郷に帰らぬのは、繡《にしき》を衣《き》て夜道を行くようなものだ」

帰心に染まった項羽が吐いたことばである。この想像のまずしさと幼さとが項羽という人物の特徴であるともいえる。よくよく考えてみれば、このあと展開される項羽と劉邦の戦いは、項羽の想像力が劉邦のそれにおよばなかっただけのものであ

る、と断言してもよさそうである。関中から去ろうとする項羽を見た遊説者が、

「楚人《そひと》というのは、沐猴《さる》が冠をつけているにすぎぬ、といわれるが、なるほどその通りだ」

と、あざわらった。項羽はその男を烹《に》殺して彭城に帰ってきたのである。

義帝が長江の舟のなかで撃殺されたらしい、と知った叔孫通は、臓腑《ぞうふ》が地中に沈んでゆくような虚脱感をおぼえた。とめどもなく涙がながれた。

——よい帝であった。

非凡には遠い帝であったが、けっして暗愚ではなく、好悪やおもいやりのほどというものをこころえていて、とにかく異常な帝ばかりをみてきた叔孫通にとって近侍していてほっとする人格を感じさせてくれた。その善良な人を暗殺させたのは、ほかでもない、項羽なのである。

——わしの志も項羽に撃ち殺されてしまった。

と、痛感した。

項羽はいま天下の主である。

九江王の英布《えいふ》、衡山王の呉芮《ごぜい》、臨江王《りんこう》の共敖《きょうごう》、常山王の張耳《ちょうじ》、代王の趙歇《ちょうあつ》、臨淄《りんし》

王の田都《でんと》、済北王の田安《でんあん》、膠東《こうとう》王の田市《でんし》、漢王の劉邦、塞《さい》王の司馬欣《しばきん》、翟《てき》王の董翳《とうえい》、雍《よう》王の章邯《しょうかん》、燕王の臧荼《ぞうと》、遼東王の韓広《かんこう》、西魏王の魏豹《ぎひょう》、殷王の司馬卬《しばこう》、韓王の韓《かん》成《せい》、河南王の申陽《しんよう》は、項羽によって封建されたのである。項羽は帝といってよかった。ただし、各王に国を頒《わ》けあたえたのが二月であり、各王が封国へむかったところ、項羽の決定に不満をもつ者が叛旗をひるがえしたのが四月であるから、わずか二か月間の帝であったといってよいであろう。

ふしぎなことに、叔孫通は天下の主権者に仕えつづけている。始皇帝、二世皇帝、項梁、義帝、項羽と主権者はかわっても、叔孫通はつねに天下の主権の近くにいた。こういう男は叔孫通ただひとりである、といってよい。

「だが、わしは項王には仕えぬ」

と、叔孫通は高弟にいって、参内しなかった。

「義帝の仇をお討ちになるのですか」

そうきかれても叔孫通はだまっていた。わずかなうわさも項羽の耳にはいれば、烹殺されるであろう。が、項羽は叔孫通に好意をもっているらしく、

「博士の顔がみえぬようだが、どうしたのか」

と、臣下をつかわし、叔孫通の安否を問わせた。やむなく叔孫通が参内するころ、

項羽は叛乱を鎮めるために出撃した。叛乱は東方ばかりでなく中原でも西方でも勃《お》こり、それらは鎮静にむかうどころかますます大きくなり、年があらたまると、漢王・劉邦が東進してくるのではないかといううわさが彭城にひろまった。項羽はいない。中原を疾駆し、叛乱軍を撲滅しようとしていたが、実情は、それらに手をやいていた。

やがて、叔孫通の耳を立たせるような伝聞があった。

洛陽《らくよう》の地にはいった漢王・劉邦が、義帝の死を知るや、袒《かたぬ》いで大いに哭《な》き、なんと義帝のために喪を発したというのである。さらに劉邦は諸侯に喪服を着るように勧める使者を各地へ発し、みずからは、

――楚の義帝を殺せし者を撃たん。

と、宣《の》べて、ふたたび東進しはじめたという。

「あの竹皮冠にそういう義胆《ぎたん》があったのか」

叔孫通は涙ぐんだ。かれは自分のなかにある激情におどろきつつ、この無道の戦乱の世に義を履《ふ》む者がひとりでもいてくれたことに感激した。そのひとりというのが漢王であることに救われたおもいがした。いまの漢王を沛の亭長であったという侮蔑のしたにおくことはしない。

——帝舜《しゅん》は布衣《ふい》の人であった。

かれはそういうことを知っている。

彭城のなかには項羽の非道に反感をいだいている人がすくなからずいる。もしも劉邦が彭城を攻めれば、かれらは内から立って門をひらくであろう。叔孫通にはそれがわかる。それゆえ劉邦がすでに外黄《がいこう》をすぎたときいた叔孫通は、弟子を集め、

「漢王はまっすぐ彭城をめざしているようである。ここには咸陽から強引につれてこられた人が多くいて、漢王には同情がある。おそらくさほどの抵抗もせず、漢王を入城させるであろう。わしは義帝を殺した項羽には仕えたくないので、漢王にしたがうつもりである。異見があるか」

と、いった。すぐに高弟のひとりが立った。

「漢王は色を好むこと、儒者をきらうこと、いずれもはなはだしく、たとえ天下を制し、王朝をひらいても、累卵《るいらん》の危《き》にすぎぬでありましょう。真の英雄の到来をお待ちになるべきです」

「なるほど、といいたいところであるが、そうはいかぬ。ここでわしが発言したことは、まもなく項王にきこえ、たとえ漢王にしたがわなくても、いずれ誅《ころ》されよう。項王を敬慕する者はすみやかに立ち去るがよい。誅されるのは、わしばかりではな

い」

項羽の恐ろしさは弟子の全員が知っている。かれらは口をとざし、立つことを忘れたような表情で師を見守った。

このときから師弟百余人の再度の決死行がはじまったといってよい。が、今度は、三年という長さのなかで漢軍とともに活路をもとめて歩いたのである。

彭城はあっけなく開城し、劉邦をいれたのであるが、項羽の急襲に遭って、漢軍は木端微塵《こっぱみじん》に砕け、叔孫通と弟子たちも、

「わっ」

と、城外に逃げ散った。とにかくかれらがたよるのは劉邦しかない。しばらく劉邦の生死はわからなかったものの、

——生きていれば、かならず西へ逃げたはずだ。

と、叔孫通は考え、ひたすら西へ歩きつづけたのであるが、劉邦を討ちそんじた項羽もおなじことを考えたため、西方への道は追撃する楚軍で盈《み》ち、叔孫通は迂路《うろ》をえらんで、劉邦が陣をたてなおした滎陽《けいよう》にたどりついた。弟子たちもそれぞれの道をえらんで、死傷することなく、滎陽に到り、そこで再会を喜びあった。

劉邦が子の盈《えい》を太子とするために櫟陽《れきよう》にゆくとき、叔孫通をみて、

「その服をなんとかせよ」

と、いったので、叔孫通はあっさり儒服をぬいだ。儒者の着るゆったりした服を劉邦は嫌悪している。叔孫通が楚人の着る短衣に着替えてあらわれると、

「それでいい」

と、劉邦は気色をあらためた。

——これは喪服よ。

叔孫通は義帝をおもい、儒服を短衣につくりかえたのである。

劉邦には大志がある。かれが死んだあとの王朝のことも考えている。そのためには叔孫通という男の才能が要る。儒者をきらいながらも叔孫通を近いところに置いているのは、そういうことであろう。叔孫通にしてみると、劉邦が自分にたいして好悪をみせぬのは、かえって気が楽であった。自分は王を喜ばせるために仕えているわけではなく、王が天下の民を喜ばせる佐《たす》けをするにすぎない。それが儒者の天分というものであり、この世における職分というものである。

劉邦というのはふしぎな男で、そういう叔孫通の精神の純度の高さがわかるらしく、項羽との死闘がおわるまえに、叔孫通をみずから博士に任じ、

「稷嗣君《しょくしくん》」

という称号さえあたえた。

またしても叔孫通は天下の主権者に近侍していたのである。

天下が平定されるまえに、弟子たちは師に不満を烝《のぼ》らせた。師は漢王の信用を得たというのに、師が推挙するのは、

「大猾《たいかつ》」

ばかりではないか。われわれをなぜ推挙してくれないのか。矢の雨や矛の林をくぐりぬけてきた弟子たちは、儒学がめざす和楽《わらく》を忘れたわけではないが、やはり戦乱がいやおうなく人の心にあたえるすさみとたくましさとを具有したがゆえに、そういう発言が生じるようになったのであろう。それにしても、猾とは、わるがしこい、ことであり、たしかに劉邦のまわりにはもとは盗賊であった男がすくなからずいた。

叔孫通はかれらをなだめた。

いま漢王は矢石を蒙《おか》して天下を争っている。弟子たちに戦闘ができるというのか。それゆえ敵将を斬り敵の旗を奪うことのできる者を推挙しているのである。弟子たちにそういった叔孫通は、さいごに、

「みな、もうすこし待ちなさい。わたしは忘れてはいない」

と、力強くいった。弟子たちは師の言を信じた。

やがて漢王は皇帝となった。

劉邦は秦の礼儀や法令を撤廃した。そのことは万民に好感をもって迎えられたが、宮中における規則がなきにひとしくなり、戦場で腥風《せいふう》をかいできた豪傑たちは、殺気をしずめることをせず、宮中で酒を呑んでは功を争い、酔ってわめき、剣をぬいて柱を撃つといった乱行をくりかえした。

「どうにかならぬか」

劉邦ははっきりそういったわけではない。が、叔孫通の耳にはそういう声がきこえた。

――皇帝は悩んでおられる。

叔孫通は千載一遇の好機をみいだしたように身ぶるいをした。儒学を活用し、その有益を天下に知らしめるには、このときを措《お》いてほかにない。かれは意を決して劉邦を説いた。

「儒者とは――」

と、おもむろに切りだした。

儒者とはすすんで国を取るようなことは難《かた》しとする。が、守成、すなわち成ったものを守ってゆくことはできる。それゆえ、魯の学者を徴《め》していただき、自分の弟子とともに朝儀を起こしたい。叔孫通は切々《せっせつ》と説いた。劉邦が儒学を毛嫌いしていることはわかりすぎるほどわかっている。しかし、竹皮冠をぬいで皇帝の旒冕《りゅうべん》を頭にのせた劉邦は、個人の好悪もぬがねばならない。それをしない天下の主はつぎつぎに滅んでいったではないか。

「朝儀を起こす」

という叔孫通のなみなみならぬ意気込みからすこし距離をおいた劉邦は、

「たやすくできるはずがない」

と、もの憂《う》げにいった。

馬上であばれまわってきた男どもを礼儀のなかにとじこめることは至難であり、自分もその礼儀のなかにはいるのはわずらわしい。劉邦はそう考えたにちがいない。

「礼というのは、その時代の、その人情によって、つつましくもはなやかにもなります。夏・殷・周の礼はけっしておなじくりかえしではありません。臣《わたし》は古礼と秦儀とを組みあわせて朝儀をつくりたいのです」

叔孫通はしぶとくいさがった。秦王朝下では非命に斃れた学者がおり、泣きながら書物を焚き、さらに戦火にまきこまれた学者もいる。そういう悲運に遭わなくても、みな前途に絶望した。新王朝が樹《た》てられたいまでも、劉邦という皇帝が学問にまったく同情がないとあまねく知られていては、学者は希望をもちようがない。新王朝とは万民の喜びのなかで存立すべきではないのか。

劉邦はついにうなずいた。

「こころみてみよ。わかりやすい礼にするのだ。わしがおこなうことができるように度《はか》れ」

「うけたまわりました」

この一言をきくために叔孫通は懸命に生きてきたといえる。感涙にむせびたくなった。一瞬、満天の星が胸のなかによみがえった。自分という星はよくぞ隕《お》ちず、光を失わず、天をまわりつづけていたものだ、とわずかに自分を褒めた。自分がみたあの星のなかに劉邦の星もあったにちがいない。そうおもえば、夜空をみあげる劉邦のほうが感慨は大きいのかもしれない。項羽という巨星は隕ちていったのに――。

叔孫通は魯へ急行した。

古学者と儒者とは魯に多い。

叔孫通はこれから起こすべき朝儀についてその趣旨をかれらに説き、三十余人の学者を翊下《よくか》におさめた。が、ふたりの学者に面罵《めんば》された。かれらは叔孫通がつぎつぎに仕える主をかえたことを知っており、それは変節というものであり、主にへつらっては高位を得たときめつけた。いまようやく天下が定まったとはいえ、死者は葬られず、負傷者は起《た》てない。そんなときに礼楽を起こそうとする。礼楽が起きるには、皇帝が徳を百年積まねばならぬ。そんなことも知らぬ男のやることに同調できようか。

「われらは行かぬぞ。帰れ、帰れ。われらを汚すな」

そのくちぎたなさにあきれた叔孫通は、慍《むっ》とするより、笑った。

「なんじらはまことに鄙《いなか》儒者だな」

と、いい、

――時の変ずるを知らず。

と、いい切った。叔孫通のなかには荀子の教義が生きているということである。高い山に登らなければ天の高さはわからず、深い谷におりなければ地の厚さはわからない。叔孫通は高山深谷を踏破した男なのである。

ちなみに荀子は環境を重視した人で、たとえば君子は生まれたときはほかの人と

なんらかわりがないが、君子になったのは、

——善《よ》く物に仮《か》ればなり。

と、いった。物に仮るとは、環境の力を借りたということであり、叔孫通にはその思想を踏襲したところがある。

帝都にもどった叔孫通は、三十余人の学者に弟子たちをくわえて、野にでた。

「さあ、どうするか」

叔孫通の手に縄と茅《ちがや》の束があった。


漢王朝は劉邦が関中にはいった年、すなわち鴻門《こうもん》の会がおこなわれた年を、元年とする。その年からかぞえて七年目（紀元前二〇〇年）に、宮城内に長楽宮《ちょうらくきゅう》が完成した。

歳首はやはり十月であり、諸侯や群臣が参賀のために集まった。

儀式は夜明けからはじまる。

謁者《えっしゃ》という応接の官が礼の進行にあたり、順序をきめて人を殿門にみちびいた。廷内には馬車、騎兵、歩兵、衛兵が整列している。武器がかざられ旗が立てられている。

「趨《はし》れ」

廷内をすすむ者に伝言がとどく。礼儀においては、貴人に近づけば近づくほどその挙措はゆるやかになるので、皇帝のいるところから遠い場所である庭では、小走りをしなければならない。廷と庭とは同義である。孔子の子の鯉《り》は庭を小走りをして通ろうとしたとき、父によびとめられて教えられたので、家庭における教えを、庭訓《ていきん》、というのである。一家では父が尊貴であるから、子は礼をつくす。宮城でも、宮城の外でも家でも、礼のありかたはおなじである。

正殿のしたには郎中《ろうちゅう》という侍従官が階段をはさんで立ち並《なら》んでいる。その数たるや、階段ごとに百人である。

功臣、諸侯、将軍、軍吏は序列にしたがってつらなり、東をむいてすわる。いわば賓客の席である。丞相以下の文官は西をむいてすわる。迎賓《げいひん》の席といってよい。大行《たいこう》とよばれる高官が賓礼を掌管しており、伝達の者にさしずをするのである。長楽宮にはいよいよ厳粛の気がみなぎった。

やがて皇帝が輦《れん》に乗って出御した。

輦の左右にしたがう百官は幟《はた》を執り、警蹕《けいひつ》を称《とな》えた。

それから諸侯、諸王から六百石《せき》の吏人まで、皇帝に拝謁《はいえつ》して賀を奉ずるのである。

その態度たるや、恐縮をかくさず、粛敬《しゆくけい》をあらわしていた。その礼がおわると、酒宴となる。いつも宮中で酔ってはわめき、あばれていた者が、どうであろう、今日は首さえあげないではないか。尊卑ことごとく起《た》って皇帝の長寿をことほいだ。觴《さかずき》が九回まわったところで、謁者が、

「酒、罷《や》めい」

と、いう。御史が目をひからせていて、礼法にしたがわぬ者を引きたててゆくことになっている。酒宴は朝のあいだつづいたのであるが、讙譁《かまびす》しい者も礼を失する者もいなかった。

儀式をおえた劉邦は、

「わしは今日はじめて皇帝の貴さを知ったよ」

と、しみじみといった。劉邦は楚人《そひと》の気分を濃厚にもっていた人であるが、おなじ楚人でも項羽は、沐猴《さる》が冠をつけているにすぎぬ、と嘲笑されたことをおもえば、おなじ叔孫通を近くにおきながら、こういう盛儀をひきだした劉邦という男の実体は想像を超えたところにあったといわざるをえない。

まもなく叔孫通は、礼楽祭祀をつかさどる太常《たいじよう》の官を拝受し、黄金五百斤《きん》を下賜された。

さきの儀式のために、縄と茅の束をつかって、一か月間実習をかさねたあと、ひそかに劉邦に視察を乞い、

「わしでもできそうだ」

と、いわれ、意を強くして、臣下たちに学習させたのである。縄と茅の束は、序列の目じるしにつかったわけである。叔孫通は儀式の成功をひとりにおさめるつもりはないので、褒賞《ほうしょう》されたとき、すすみでて、

「弟子たちはながいあいだ臣《わたし》に随《したが》ってくれました。さきの儀式は弟子たちとおこないました。どうかこれらに官をおさずけくださいますように」

と、願った。劉邦はその願いを即座に容れ、叔孫通の弟子をひとりのこらず郎《ろう》（政務官）に任じた。弟子たちの喜びは天にもとどくほどであった。かれらはこぞって師をたたえた。

「叔孫先生はまことの聖人である。当世の要務を知っておられる」

かれらとしては師に随行して咸陽にはいってから十五年目に任官したことになる。少壮であった者は壮年となり、壮年であった者は初老となっている。が、任官の日には、過去になめた辛酸はきれいに消え去ったであろう。叔孫通は人の喜びを和合させて事業を成し、その事業を成した喜びをわかちあうという、いわば孟子《もうし》の理念

に通ずることも、ここで具現化したのである。

叔孫通は二代皇帝の恵《けい》帝にも仕えた。

恵帝が母の呂太后《りょたいこう》に会いにゆくのに、いちいち行列をつくり、道をゆく人の足をとめさせるのはわずらわしいので、二階建ての廊下である複道をつくろうとして、工事をはじめさせた。それを知った叔孫通は、恵帝に人払いをしてもらい、

「なにゆえ複道をお築きになるのです」

と、いった。複道が宗廟の道のうえに架けられることになる。高祖の子である恵帝が、高祖のうえに乗ってよいであろうか。

恵帝ははっと気づいて恐れをあらわした。

「いそぎ壊《こわ》す」

すぐに近侍の者をよび命令しそうである。叔孫通はそのあわただしさを掣《せい》すように、

「人主というものには、あやまちがあってはなりません。複道はすでにつくられ、天下の人臣はみなそのことを知っております。いまとりこわせば、あやまちのあったことを示すことになります。そこで、渭水の北に原廟《げんびょう》をおつくりになり、高祖の衣冠は月々そちらにおでましいただくのがよろしいと存じます。宗廟がふえて広く

なるのは、大いなる孝行の本《もと》でございます」

　と、いい、恵帝を安心させた。

　春になると恵帝は離宮にでかけるのをつねとしていた。叔孫通はそんな恵帝に、

「むかし、春には祖先へまず果物を薦《すす》めたものです。どうか陛下におかれましては、おでましのおりに、桜桃《おうとう》をお取りになり宗廟に献じられませ」

　と、そっといった。孝心の篤い恵帝はそのひそやかな献言を採《と》り、いろいろな果物を献ずるようにした。宗廟に果物が供せられるようになったおこりは、ここにある、と後世いわれるようになった。

　漢王室の儒者の宗家となった叔孫通について司馬遷《しばせん》は、老子《ろうし》のことばを引き、直立しているものは屈しているようにみえる、といい、さらに、

　――道は固《もと》より委蛇《いい》たり。

　と、いった。委蛇とは屈曲しているということである。

# 解説

湯川　豊

## 1

この『長城のかげ』に収められている五篇の短篇は、いうまでもなく共通点があって、漢王朝の創始者である劉邦と何らかの関連がある人びとの物語ということである。時代でいうと、秦の始皇帝の国家統一から、劉邦の死後、呂太后の暴走的支配あたりまでである。

ただし五つの短篇に登場する劉邦は、生身の人間というより、一つの影という印象がある。影はある場合では大きく濃く、ある場合ではふつうの等身大で、しかも奇妙に薄かったりする。また影は、短篇の主人公たちからはるか遠くにいることもあれば、近くに寄ってきて主人公たちに取り憑くほどになったりもする。劉邦という影こそが、五つの短篇を読み解く秘密であるかのようだ。

この劉邦の影という話をもう少し明確に語るために、宮城谷昌光氏が書いた別の長篇小説『劉邦』について触れなければならない。

まず、短篇集『長城のかげ』と長篇『劉邦』の書かれた時期を知っておこう。『長城のかげ』の最初の短篇「逃げる」は、一九九三年の夏の「別册文藝春秋」に掲載され、最後の「満天の星」は、一九九六年春の同誌に掲載された。一冊の単行本になったのは同じ九六年の五月である。

いっぽう長篇小説『劉邦』は、二〇一三年七月から二〇一五年二月まで、毎日新聞に連載され、二〇一五年五月から三巻本として刊行されたのである。

すなわち、『長城のかげ』が刊行されてからほぼ十九年後に、劉邦を主人公にした長篇が刊行されたのである。ずいぶん長い時間をかけて、影は生身の肉体を得た、といえなくもない。

その『劉邦』の末尾に付けられた、「連載を終えて」と題するごく短い文章に私は惹きつけられた。冒頭にこうある。

「すじの通らない人は好きではなく、ましてそういう人を小説の中心にすることはできない。」

ひきつづき、作家はいう。自分にとって劉邦はすじの通らない人であった。くらべていえば、項羽の生き方には一貫したものがあり、自分自身の好感を添わせやすかった。

それが、変わったのである。

「それから歳月が経《た》つうちに、楚漢戦争にかかわった傑人たちを調べなおす機会を得た。その作業をおこなってゆくうちに、劉邦にたいする見方が変わった」というのである。

どう変わったのかは、かんたんに書くことはできないだろう。作家は「はじめて劉邦を書いてみたいとおもうようになった」と短い言葉をつぐだけである。私たちは宮城谷氏の傑作の一つである大長篇『劉邦』を読むことができるようになったわけである。

しかし、と読者のひとりである私は思う。十九年前の連作短篇集である『長城のかげ』は、何よりもすぐれておもしろい。こんな作品に出会えることはめったにない、という感想を曲げることはできない。さらにいえば、そこでは不思議な存在である劉邦にも出会えるのだ。その劉邦は、大小さまざまな影のような存在で、登場人物のそばを通り過ぎてゆくものであるにしても、なおどこかしら魅力的なのだ。

作家は、すじの通らない人である劉邦を小説の中心にすることはできない、と語っている。なるほど、だからこそ、『長城のかげ』の劉邦は、通り過ぎてゆく影だったのか。そう考えたとき、私はさらなる驚嘆に襲われた。小説の中心に置くことがためらわれる劉邦を、影の存在として描く。それを連作短篇の手法として、劉邦とその時代を小説にしたのである。ちょっと考えられないような、作家精神の強い働きがそこから伝わってきた。しかも、できあがった作品から、何らかのかたちで大きな影を受けとめながら、動乱の時代を生きぬくそれぞれの人間のドラマが見えてくる。

劉邦の影は、各短篇のなかでもののみごとに生きている。「逃げる」の項羽は、相手の大きな影がどのようなものであるのか、はっきり認識できないまま、そこから逃げるしかなくなるのである。「風の消長」で第一子の劉肥は、心情にも行為にも妄《うそ》があると思うしかない、影のごとき父親から斉という大邦が与えられる。項羽にとっても劉肥にとっても、影はどうにも捉えどころのないものでありながら、濃密で強力なリアリティがある。

だから、私はここまで『長城のかげ』に現われる劉邦を、「影」とか「さまざまな影」と呼んできたが、読者が影などではなく、劉邦を生身の実体として読みとったとしても、まったくさしつかえがない、と思っている。それほどまでに、私のいう影には、すごい存在感がある。しかも登場人物に対して、謎をかけるようにみごとに変化する。

宮城谷氏が、小説の中心に置くことをためらった人物を、どのようにして小説のなかに持ち込んだのか、すばらしい逆転の発想を読者に汲みとってほしい。

## 2

さて、各短篇の魅力について、私が改めて贅言をついやす必要はなかろうと思う。語るとすれば、この連作短篇集を読んで自分がいかに驚いたか、その驚嘆の一部を読者諸兄姉と分ちあいたいという思いがあるからだ。

「逃げる」に登場するのは、垓下の戦いで敗れた側の二人の男、項羽とその将軍の季布である。

項羽は自分が思っているよりもずっと孤独な人間で、初めて体験した敗戦が彼にもたらしたことは、自身をとことん追いつめていくしかないということだった。それが「逃げる」という行動で、悲惨な逃走の果てにくるのは自死しかない。項羽らしいすじの通し方ともいえるが、動乱の日々で敗れることがなかった軍人の悲惨が、くっきりとそこにあるだけ、ともいえる。

それに対し、同じく敗れた楚軍の将軍である季布は、違った逃げ方をした。季布は生きのびようとして、人に頼る。周氏に頼り、周氏はなんと季布を奴隷の身にして逃がそうと考え、それを実現すべく俠者の朱家にひき渡す。朱家は最後に劉邦の側近夏侯嬰に季布をゆだねる。

季布は、それを受け入れる。すなわち生きのびようとする。「季布の首をとれ」

とかつて激昂した劉邦は、季布を許す。そしていう、「項王は垓下で死んでいたのだ。逃げたのは幻よ。人は必死に逃げれば助かるものだ」。その言葉を聞き、季布は「この人からは逃げようがない」と思う。

逃げるということの意味が、項羽と季布ではあざやかに異なる。そのことを劉邦が知っているのは、戦《いくさ》に勝ったり負けたりしてきた経験によるものだろう。ここでの劉邦はまことに大きな影なのである。

「長城のかげ」は、劉邦にくっついて生きた親友盧綰《ろわん》の生涯である。二人は同年同日生れで、父親同士が親友。となれば二人は親友になるほかはない。そう思ったのは、どちらかといえば劉邦ではなく盧綰のほうだったのであろう。

泗水亭長という小吏で、しかも俠客という劉邦は、竹皮冠をかぶって「王になりたい」とまでうそぶくようになるのだが、半ばホントかねと思いながら、盧綰はこの「親友」を受け入れるしかない。

親友が女と情交しながら盧綰を呼び、相談事をしたり命令を下したりする。こういう親友を、盧綰がほんとうに理解していたかどうか。劉邦は、大きくて近すぎるところにいた影のような存在ではなかったか。

盧綰は皇帝劉邦のはからいで燕王になる。燕はよく治められた。それが数年続いたあと、盧綰が匈奴に通じていると言上する者があり、劉邦は「盧綰、はたして反《そむ》けり」といい、猛将樊噲に燕を攻撃させた。盧綰が北へ北へと退くうち、劉邦は病気で死ぬ。それを聞いた盧綰は哭《な》きくずれたが、長城を越えて北の匈奴の地に入り、一年あまりのちに死んだ。こういう人間関係のドラマを、読者としては黙って聞くしかない。

『長城のかげ』の最後に置かれた「満天の星」は、同じく短篇でありながら、長篇を読んだような印象がある。主人公の叔孫通《しゅくそんとう》が権力の変移はげしい戦乱の時代のなかで、つねに主流にいる有力者のそばに生きつづけた、そのしたたかな生き方が描かれているせいかもしれない。

叔孫通は薛《せつ》県出身の名の知られた儒者で、戦乱の世の有力者の力関係を見抜く目をもち、自身も思い切った行動をとる胆力がある。弟子も多い。

そういうしたたかな学者だから、秦の始皇帝、二世皇帝（胡亥）、項梁、義帝、項羽、そして劉邦と、つねに天下の主権者の近くに身を置いて生きた。儒者としてやらなければと思いつづけたのは、「礼」を政治のなかに置きたい、ということであった。

あの儒教嫌いの劉邦の漢王朝で、朝儀を起こし、礼を政治のなかに取り入れることに成功したのである。それだけに叔孫通の生き方のしたたかさがどういうものであるかが十分に描かれていて、興趣つきない小説なのだが、私が驚嘆したのは、叔孫通の時代と人を見る眼力のきびしさである。

たとえば、竹皮冠を頭にのせた男について、叔孫通はたまたま側にいた武将にあれは誰かと聴く。その武将は項羽であり、項羽は竹皮冠の男を「たよりにならない男」と頭からけなす。それを聴いて、叔孫通は「良将は高言を吐かないものだが」と、項羽について疑問をいだくのだ。

さらには叔孫通は義帝に一種の親愛感を抱いていたが、その義帝を「追放する」という項羽を心中強く批判する。そして、「わしは項王には仕えぬ」と高弟に向って呟くのである。そこには、項羽の意味のない冷酷さへの反発と、いっぽう竹皮冠の男劉邦への親近感がある。そしてその劉邦の漢王朝で、長年の願いだった朝儀を起こすことができた。

そこまでくれば、劉邦という男が影であることから脱し、やがて小説の中心になることが予感されているようだ、と私は思った。小説家の想像力はじつに不思議な働きかたをして、小説を生みだしてゆく。それが名品である秘密は、その想像力の働きのなかにある、と思うしかないのである。

（文芸評論家）

文春文庫

長城《ちょうじょう》のかげ

定価はカバーに
表示してあります

2022年1月10日　新装版第1刷

著　者　宮城《みやぎ》谷《たに》昌《まさ》光《みつ》
発行者　花田朋子
発行所　株式会社 文藝春秋

東京都千代田区紀尾井町 3-23　〒102-8008
TEL 03・3265・1211㈹
文藝春秋ホームページ　http://www.bunshun.co.jp
落丁、乱丁本は、お手数ですが小社製作部宛お送り下さい。送料小社負担でお取替致します。

印刷製本・凸版印刷
Printed in Japan
ISBN978-4-16-791814-9